U0650274

凤凰书品◎编
窦文涛◎主持

春风十里不如你

跟冯唐聊天

CNS PUBLISHING & MEDIA
湖南文艺出版社 HUNAN LITERATURE AND ART PUBLISHING HOUSE
博集天卷 CS-BOOKY

目录

CONTENTS

春风十里不如你

Chapter Seven 男女 201

Chapter Eight 真话

鸟飞了

Stray birds of summer come to my window to sing and fly away.
And yellow leaves of autumn,
which have no songs,
flutter and fall there with a sigh.

——泰戈尔

夏日的飞鸟来到我窗前
歌
笑
翩跹
消失在我眼前
秋天的黄叶一直在窗前
无歌
无笑
无翩跹
坠落在我眼前

——冯唐 译

窦文涛：最近这个事儿吧，我知道你可能不一定愿意说，但是绕不过去啊。你真觉得《飞鸟集》下架是个坏事吗?

冯唐：我觉得对读者来说可能是个坏事，尤其对那些想读的人。

窦文涛：我都想买一本了，才惊觉已经下架收回了，打算跟你要，结果你自己都没有!

冯唐：这逻辑很怪的，一旦说下架收回了，很多人就管我要书。我说我也是正常渠道啊，又不是开印刷厂的，手里怎么会有书?

许子东：刚出的时候你应该有一批样书。

冯唐：十本样书。作家出书，拿十本二十本样书就了不得了。

许子东：这是畅销书。我们学术书出版方要我们买一百本。很多老作家家里，自己的著作堆了一大堆，都是样书。

《飞鸟集》被下架不是阴谋论

窦文涛：下架这个事情呢，我发现一个现象，就是谁被骂了，就相当于被帮了一把。反对的声音越多，某种程度上反而有利于卖书，直至收回下架。你不觉得因为这个，书反倒火了吗?

冯唐：我觉得原来就卖得还可以吧。

窦文涛：我看见有报道说，文学界、翻译界很多人认为这是个炒作事件，是出版社的营销手段，先卖再说审议，审议完了再卖，卖得就更好了……

冯唐：我得稍稍打断你一下了！第一，我特别不喜欢“阴谋论”，总是以恶意度人，觉得有个潜在的阴谋，我觉得这是人性问题。日子怎么着都是过，阴谋论过是一辈子，阳光点过也是一辈子，可能阳光点心里更舒坦。第二，咱就顺着阴谋论想，他们给我翻译费，一个字10元，8000字稿费8万元，除去税只剩7万元，我翻了3个月。除了这笔固定稿费，之后的销量跟我没有任何关系。当时出书是在7月，不到半年大概卖了5万册，销量并不算差，当然不是红得一塌糊涂，但诗集5万还可以。为什么这时候忽然要炒作，刚出的时候不炒？

许子东：你当初怎么不选版税制？

冯唐：书商不乐意，我也觉得不是大事，就当给文学做点贡献，自己也练练笔。

窦文涛：据我收到的情报——当然我的情报一向也不太准，恐怕是出版社尿了，毕竟泰戈尔的诗集是中国中学语文的推荐阅读书呢。听说你这个译本出来以后，很多有识之士就愤怒了，然后出版社也怕舆论压力，所以就收回、下架。有些人认为这不是一个文学事件，而是成了传播事件甚至娱乐事件。听说你接受《南方周末》采访，还把电话给摔了。

冯唐：本来这事儿我不想聊的，但那个记者约了好几次，我说那就聊聊吧，我英文也不错，汉语也不错，然后有点闲工夫，

| 郑振铎译本 |

| 郑振铎、冰心合译本 |

| 冯唐译本 |

翻了一个去世70多年的诗人出版了近100年的诗集，有什么问题吗？

窦文涛：插播一下，鄙人平生一本书也没出过，所以中文是歇了的，英文更是连番茄汁的音都发不准，我的无知使我只能保持中立。但我打电话问了好几个我觉得有见识的人，有位老哥说冯唐翻译的这本书我不会推荐给我的孩子，因为对他的一些译法我不能同意，但我誓死捍卫他翻译、出版以及书不被下架的公民权利。我觉得这是个平衡之论。

冯唐：怎么翻实话讲是个很复杂的问题，可以有各种各样的理论，凭什么你的理论就是标准答案？我要跟着你走？记者问"为什么这个英文词你要翻成这个中文字""为什么这首诗要押这个韵""这个词在你的语汇里是什么意思"……我实在不想在电话里跟一个不认识的记者讲怎么译诗，不是一下能讲明白的，好比"僧推月下门""僧敲月下门"，这种字怎么讲？就像贝多芬说我给你弹遍曲子你没听懂，再弹一遍你还没听懂，含着眼泪再弹一遍你还不懂，我只能说"滚"……

窦文涛：就把电话摔了？

冯唐：不是摔了，是挂了，手机很贵的。

窦文涛：报道说摔了电话之后，你很快又把你托福成绩给记者发过去了。

冯唐：我大概1997年考的托福，考了满分，搁微博上了。有人说，凭什么你翻译？我说，凭什么我不能翻译？我英文不比你差，托福拿满分，并不能说明译得好，但至少英文基本过关。中文呢，我出了六本小说、三本杂文集、一本诗集、一个短篇小说集，说明我中文至少比一般水平好。两门语言我都懂，我自己还写点诗，我觉得至少我有一个拿起笔来翻译的自由和权利。但是这逻辑跟很多人讲太难，你发现他们又没逻辑又没情怀，然后还没技术还没本事，那怎么办？

泰戈尔成了网络小鲜肉?

窦文涛：我最近爱听一个歌，叫什么《静静地看着你装 ×》，看你牛 × 也好装 × 也好，自有一种呈现。咱不如具体问题具体分析，你为什么要把泰戈尔翻译得这么骚呢？是因为你骚吗？

冯唐：首先，我理解的泰戈尔呈现的就是这种气质。第二，“骚”这个字你不能用淫秽的眼光看，骚有很多定义。语言本身是一个具有多重含义和欺骗性的人造物。

窦文涛：我是觉得这个事儿甭管炒作不炒作，牛 × 不牛 ×，活到我这个岁数，我见到各种人，有的特尿，有的特牛，但最后我发现，这都不重要，20 年之后，就作品在这儿，对吧？

冯唐：作品说话，时间说话。

窦文涛：对，得拿具体作品出来看，要不然说了半天，大家只抓着其中的三首，其实有好几百首呢。

冯唐：一共 326 首。

窦文涛：那为什么老说这三首？

冯唐：为什么你只看见裤裆？

｜冯唐托福成绩单｜

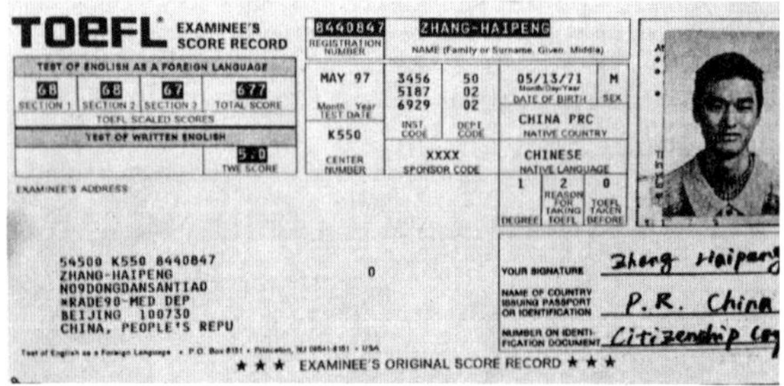

TOEFL® EXAMINEE'S SCORE RECORD

8440847 REGISTRATION NUMBER

ZHANG-HAIPENG NAME (Family or Surname, Given, Middle)

TEST OF ENGLISH AS A FOREIGN LANGUAGE

SECTION 1	SECTION 2	SECTION 3	TOTAL SCORE
68	68	67	677

TOEFL SCALED SCORES

TEST OF WRITTEN ENGLISH

5.0 TWE SCORE

MAY 97 Month Year TEST DATE

K550 CENTER NUMBER

INST CODE	DEPT CODE
3456	50
5187	02
6929	02

XXXX SPONSOR CODE

05/13/71 Month/Day/Year DATE OF BIRTH

M SEX

CHINA PRC NATIVE COUNTRY

CHINESE NATIVE LANGUAGE

DEGREE	REASON FOR TAKING TOEFL	TOEFL TAKEN BEFORE
1	2	0

EXAMINEE'S ADDRESS

54500 K550 8440847
ZHANG-HAIPENG
NO9DONGDANSANTIAO
*RADE90-MED DEP
BEIJING 100730
CHINA, PEOPLE'S REPU

0

YOUR SIGNATURE Zhang Haipeng

NAME OF COUNTRY ISSUING PASSPORT OR IDENTIFICATION P.R. China

NUMBER ON IDENTIFICATION DOCUMENT Citizenship

★ ★ ★ EXAMINEE'S ORIGINAL SCORE RECORD ★ ★ ★

| 冯唐部分作品 |

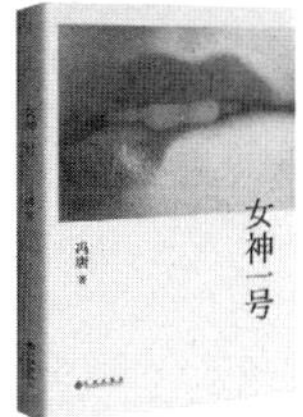

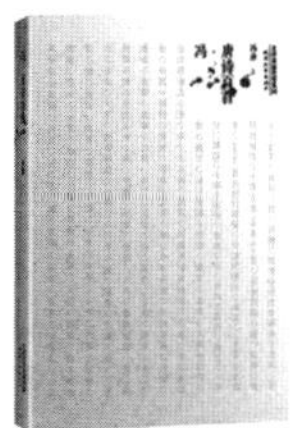

窦文涛：我没看见裤裆，我看见舌头了。文学界、翻译界对这几首的意见比较多，大家觉得这么多翻译里面还是郑振铎译的最好。比如说“浩瀚的面具”，英文单词 mask 是面具吗？还是裤裆啊？

冯唐：你这么直接问，就不是我们诗人的语境。如果你要用 Google 翻译机，一定不会译成我这种，可能更偏向于郑振铎的。逐字逐句地译，就是所谓直译。什么叫“浩瀚的面具”？“浩瀚的面具”是中国话吗？实际上我体会泰戈尔这首诗的意思是把世界跟一个人的关系比拟成情人关系，你怎么带着好奇心探索这个世界。

> 翻译完《飞鸟集》，我坚定地相信，《冯唐诗百首》是诗歌，里面有很好的诗歌，冯唐是个诗人。
>
> 无论这个诗歌圈子怎么说，我不用卧轨、不用早夭，“春风十里，不如你”这七个字在我活着的时候就已经在讲汉语的地方口耳相传。想到这儿，我忍不住，笑出声了。
>
> ——冯唐

> 我认为这两处译得不能算错译，只是不够雅而已。而冯唐之所以用词有些不雅，跟他的文字风格有关。他这个人一向比较生猛，他自己的诗就是这样，常常是汁水淋漓，荷尔蒙喷溅，如果不反性禁欲，看上去还是蛮有趣的。我早就猜测，弗洛伊德所说的力比多不仅有性

欲之意，而且有生命力的意味，所以性欲强烈不是什么坏事，也许就是生命力强烈的表现。尼采甚至说过这样的话："艺术家如果要有所作为的话，就一定要在秉性和肉体方面强健，要精力过剩，像野兽一般，充满情欲。……艺术家按其本性来说恐怕难免是好色之徒。"从这个意义上讲，用了"骚"这样的词是否就一定不雅都是见仁见智之事了，郑振铎把 hospitable 译为"殷勤好客"比冯唐的"挺骚"就强很多吗？我看未必。冯唐的缺点在于有点将自己的风格强加于原作者了，仅此而已。

——李银河

窦文涛：古人讲"《诗》无达诂"[①]，这事儿我觉得从来都是说不清的账。不过，连力挺你的李银河也有微词，说你是押韵控。比如郑振铎译的"我是死，是你的母亲。我就要给你以新的生命"，你译的是"我是死啊，我是你妈，我会给你新生哒"。

冯唐：这不是简简单单地为了押韵，不是为了卖萌而这么说。英文也是有节奏感，在某种程度上也是有韵的，death, birth, whispering, fading day，是有一种呢呢喃喃、慢慢细声细语的感觉，不是"我是死，是你的母亲。我就要给你以新的生命"那种语境。

许子东：你翻成"我会给你新生"不就完了吗？要那个"哒"干什么？

---

① 出自董仲舒《春秋繁露》，"达诂"的意思是确切的训诂或解释。意谓对《诗经》没有通达的或一成不变的解释，因时因人而有歧异。

The night kisses the fading day whispering to his ear, "I am death, your mother. I am to give you fresh birth."

——原文

夜与逝去的日子接吻，轻轻地在他耳旁说道："我是死，是你的母亲。我就要给你以新的生命。"

——郑振铎 译

白日将尽
夜晚呢喃
"我是死啊，
我是你妈，
我会给你新生哒。"

——冯唐 译

The world puts off its mask of vastness to its lover.

It becomes small as one song, as one kiss of the eternal.

——原文

世界对着它的爱人，把它浩瀚的面具揭下了。

它变小了，小如一首歌，小如一回永恒的接吻。

——郑振铎 译

大千世界在情人面前解开裤裆
绵长如舌吻
纤细如诗行

——冯唐 译

The great earth makes herself hospitable with the help of the grass.

——原文

大地借助于绿草，显出她自己的殷勤好客。

——郑振铎 译

有了绿草
大地变得挺骚

——冯唐 译

冯唐：前边“我是死啊”，有个“啊”，“哒”和“啊”有呼应关系。为什么加这个语音词？因为我在英文里体会到它是一种呢喃的感觉。

窦文涛：看来至少你是用心琢磨过，只不过看上去好像泰戈尔成了网络小鲜肉。

> 虽然这句译得很准确，可“哒”字用得的确突兀，有点扎眼，这仅仅来自冯唐对诗歌应当押韵的看法。他有这样一种观点：诗歌应该押韵，不押韵的一流诗歌即使勉强算作诗，也不如押韵的二流诗歌。我不大同意这个观点，记得在某处看到这样的诗论：诗一押韵就变打油诗了，所以一流的诗歌不应押韵。我倒挺同意这看法的，不幸冯唐是个押韵派，为了押韵竟不惜用可恶的网络新词，真是得不偿失。在我看来，把那个“哒”字去掉，一点也不会损害这首诗，这诗如果算一流，也不会因此变二流。
>
> ——李银河

庸众是残酷的，每个人是善良的

窦文涛：也有诗人圈里的人说，翻译英文诗不可能原样译。

有个例子，有一首艾略特的诗，赵萝蕤译成“世界就是这样告终的，世界就是这样告终的，世界就是这样告终的，不是砰的一声而是一声抽泣”，裘小龙的翻译是“世界就是这样告终，世界就是这样告终，世界就是这样告终，不是嘭的一响，而是嘘的一声”。我更愿意接受赵萝蕤译的，觉得更有诗味儿，当然这是我个人观感。据说你发现郑振铎译的诗里有一首错的，Men 是复数，郑译成“独夫们是凶暴的，但人民是善良的”，你觉得 Men 好像不该翻译成“独夫”。

This is the way the world ends
This is the way the world ends
This is the way the world ends
Not with a bang but a whimper.

——原文

世界就是这样告终
世界就是这样告终
世界就是这样告终
不是嘭的一响，而是嘘的一声。

——裘小龙 译

世界就是这样告终的
世界就是这样告终的
世界就是这样告终的
不是砰的一声而是一声抽泣。

——赵萝蕤 译

Men are cruel, but Man is kind.

——原文

独夫们是凶暴的，但人民是善良的。

——郑振铎 译

庸众是残酷的，每个人是善良的。

——冯唐 译

恶者虽众，人性本善。

——朱绩崧 译

冯唐: 没有任何地方能提示这是独夫。独夫是怎么看出来的？我是完全看不出来。

窦文涛： Men 至少可以有一种理解——群众，有时候咱们说一个独裁者残暴，但其实最残暴的是群众。这个 Man 有人翻译成“人性”，就是说如果一个人的时候，人可能是善良的，但是凑到一起，不知道怎么回事儿就会变成一个凶恶的群体，我觉得这种理解挺有意思的。

冯唐： 大规模的杀戮，大规模的毁灭、破坏，其实往往不是个体行为，而是庸众的残酷。单看一个人，他往往有天性未泯的善良。我体会泰戈尔可能想说这层哲理，但我是实在看不出“独夫”怎么来的，无论是单数的 Man，还是复数的 Men。

在翻译《飞鸟集》第二百一十九首的时候，我第一次也是唯一一次觉得郑振铎的翻译出现了明显问题。

原文：Men are cruel, but Man is kind。郑译：独

夫们是凶暴的，但人民是善良的。

感到两个问题。第一是，Men为什么译为独夫们（又，既然独夫，何来“们”）？Man为什么译为人民？第二是，即使词没译错，总体意思出现了常识问题。独夫的确残暴，但是独夫统治下的人民从来就不是善良的，如果不是大部分不善良，也一定不是大部分善良。否则，独夫的力量从哪里来？纳粹在欧洲……大部分都不是善良的。这些成群结队的“人民”，灭绝人性时，没体现出任何善良，而且在过程中坚信自己是正确的。

我的体会，这首诗揭示的是众人和个体之间的巨大差异。个体的人性中，有善、有恶、有神圣，单一个体容易平衡，很难呈现大恶，即使出现，也会被其他人迅速扑灭，不会造成大害。而聚合成组织，个体的恶有可能被集中放大、被管理者利用，形成大恶。一旦集体意志形成，机器开动，个体无助，或被机器消灭，或成为机器的一部分，去消灭他人。从这个角度观照，Men指某些人的聚合，指团队、政党、政权等等，Man指人性，你、我、他、她，每个个体展现的人性。

翻译的时候，我想了很久，简单的翻法是：众人是残酷的，人性是善良的。

但是最后译成：庸众是残酷的，每个人是善良的。

只有庸众而不是普通群众才是残酷的，庸众的特征是唯利是从、唯权是从、唯捷径是从、唯成功是从，无论什么样的当权者，只要是当权者说的，都是对的，无

> 论是非曲折，只要有人倒霉，特别是似乎过得比自己好的人倒霉，就会叫好。人性本善，不错，但是这首诗强调的是个体，重点不在善，翻译成每个人更警世。而且，每个人加在一起就是人类，每个人都有的，就是人性。
>
> ——冯唐

许子东：我觉得这些讨论是好事，因为文学现在这么边缘化，大家都不看，因为冯唐热闹了一阵，很多人又找泰戈尔的诗歌看了。再变成一个吸引大众的事件，是好事啊。对冯唐自己来说也是好事，虽然暂时下架了，但至少证明在网上写写字也能卖钱了，对不对？

窦文涛：这个事儿据说把泰戈尔故乡的人民也惹恼了。

冯唐：本来是要去印度参加一个书展，跟尼赫鲁大学的汉学家探讨泰戈尔和翻译。

窦文涛：结果印度人民现在表示要勒死你，所以也不敢请你去了。

冯唐：最开始印度的反应是拷贝、复制国内一些英文报道，极其有限的几条，*China Daily* 等。自己也没采访过我，也不了解怎么回事儿，就放到印度媒体上、放 Facebook 上了。但是哪个国家都会有一些键盘侠，啥呢？看标题就觉得不满。比如“窦文涛又酒驾了”，好，绞死他！然后看标题说“冯唐不好”，好，也绞死他，马上执行。后来像 *India Today*, *Hindustan Times* 还真是派了两个驻北京的记者跟我聊，每人差不多聊了一个多小时吧，也有几份深度报道出来。

诗人最大的武器是押韵?

窦文涛：过去有人说，“我注六经”还是“六经注我”是个问题。有时候你注释一个东西，到最后是为了诠释你自己，你属不属于这类?

冯唐: 文章有两个层次，一是“有我”，一是“无我”。其实“无我”本身是伪命题，任何文章、翻译只要是这个人写的，一定有这个人的东西在里头，我无非个人风格更强烈一点。

窦文涛：有人说你的几首诗风格强烈得突破一般人的心理界限了。一个90后小朋友跟我说，大家不能接受一个世俗意义上的成功者以一种浮夸的方式染指文学。意思是你冯唐很大程度是靠商业光环让书热销，而非文学功底。我觉得这和中国传统文化是冲突的，我们能接受穷书生一举成名，但很难觉得一个商人写的东西是雅的，大家潜意识里接受不了一位自恋的、爱嘚瑟的、成功的人士也来玩文学。

Once we dreamt that we were strangers.

We wake up to find that we were dear to each other.

——原文

有一次，我们梦见大家都是不相识的。

我们醒了，却知道我们原是相亲爱的。

——郑振铎 译

做梦时

我们距离非常遥远

醒来时

我们在彼此的视野里取暖

——冯唐 译

You smiled and talked to me of nothing and I felt that for this I had been waiting long.

——原文

你微微地笑着，不同我说什么话，而我觉得，为了这个，我已等待得久了。

——郑振铎 译

你对我微笑不语

为这句我等了几个世纪

——冯唐 译

O Beauty, find thyself in love,

not in the flattery of thy mirror.

——原文

啊，美呀，在爱中找你自己吧，不要到你镜子的谄谀中去找寻。

——郑振铎 译

美
在爱中
不在镜中

——冯唐 译

冯唐译的是诗，郑振铎译的是大白话。从两个译本的美学价值看，由于冯唐本身是个风格强烈的诗人，只是其风格与泰戈尔风格距离较大，所以他的译本诗意充沛，只是或许与泰戈尔的风格有些差异而已。郑振铎的译本可能更接近泰戈尔的风格，可惜他不是诗人，所以在译本的诗意和美感上跟冯唐比差距还是蛮大的。

公理公道讲，冯唐的译本还是不错的，只不过是一个译者个人风格过于强烈的译本罢了。由于公论郑振铎的《飞鸟集》译本是过去国内多个译本中水平最高的译本，冯译既然超过了郑译的水平，所以最合乎逻辑的结论是：冯唐的译本是《飞鸟集》迄今为止最好的中文译本。

——李银河

窦文涛：你觉得郑振铎译得不好？

冯唐：我并不是觉得他不好，而是觉得他不是一个诗人。

许子东：郑振铎是一个学者，也是文学评论家。

窦文涛：还是收藏家呀。

冯唐：他功夫非常深，我很佩服那一代文人。他当时翻译泰戈尔诗的时候才二十几岁，我仔仔细细地看，也就找到一两个翻译问题，觉得是值得推敲的。许多语法、用词是对的，只是我觉得相对来说有点平。诗人最大的武器是押韵，只要押韵就能流传（笑）。

> 我固执地认为，诗应该押韵。诗不押韵，就像姑娘没头发一样别扭。不押韵的一流诗歌即使勉强算作诗，也不如押韵的二流诗歌。我决定，我的译本尽全力押韵。
>
> 翻译过程中发现，这个决定耗掉了我大量精力，翻译中一半的时间是在寻找最佳的押韵。
>
> 在寻找押韵的过程中，我越来越坚信，押韵是诗人最厉害的武器。
>
> 有了押韵，诗人就可以征服世界去了。
>
> ——冯唐

窦文涛：你是不是不太喜欢那种往好里说是唯美、往坏里说是比较酸的文风？

冯唐：我喜欢一下能抓住核心的东西，尽量去掉所谓的道德、规矩、制度等等，至少在文字上我喜欢颠覆、喜欢破坏。

许子东：所以好作品要有多种不同的翻译。从我在大学教书的经验来讲，这两种翻译都需要。不过，信教的女孩子一上来，你就跟她讲解开裤裆，很难解释，对不对？我顺便推荐一下郑振铎，我非常感谢他，他的四卷本《文学大纲》是我的启蒙读物，包含古今中外的各种文学。当然今天从文学史研究角度讲，《文学大纲》有很多问题，很多值得做研究，但是他二十多岁编出这么四卷书，个人的学养真是让人钦佩。木心也非常欣赏《文学大纲》。

郑振铎（1898—1958），笔名西谛、落雪。作家、文学评论家、艺术史家，也是收藏家、训诂家。1919 年，参加五四运动并开始发表作品。1921 年，发起成立文学研究会。创办《文学季刊》，主编《小说月报》。著有《插图本中国文学史》《中国文学研究》，翻译《飞鸟集》《新月集》等。1958 年 10 月，因飞机突然失事遇难。

《文学大纲》是中国在世界文学史课题方面的开山之作，对世界文学史上的著名作家均做了生平简介，既有各种名著的故事梗概，也对之做出简要的评论，使得当时的中国读者可以对世界文学史概况有一个较为全面清晰的了解与认识。

《西谛书话》介绍唐人小说、宋元话本、明清传奇，以至版画图谱、历代诗文别集、地志农书等。访书之艰辛、淘书之乐趣，亦俱在其中。

冯唐：我也很感激郑振铎，他还写过很多书评，收在《西谛书话》里。

许子东：可惜 1958 年坐的飞机失事了。

冯唐：他是出访回来还是去，记不得了。他们那批文人写的很多书评对我帮助非常大，郑振铎是一个，还有朱自清、鲁迅、周作人、曹聚仁等等。小时候我读书是按照他们的指引一路读过来的，所以说知道金线[①]在哪儿（笑）。

窦文涛：但是现在反过来要颠覆他们吗?

冯唐：他们是在从古汉语到白话文转型的过程中功力非常深的一拨儿文人，可是汉语的发展在我们手上还可以继续。我觉得这是一个继承关系。

文字英雄王小波排第一

窦文涛：你说韩寒的小说就不到金线，而王小波也没有那么伟大，理由是什么?

冯唐：我的好多说法被误读，包括我说董桥，我说一定要少读董桥，不是不读董桥，别人就传成一定不读董桥。少读是什么意思？董桥有很多铁杆粉丝，他书出得又多，二三十本，从我个人角

① 出自冯唐的文章《大是》："文学的标准的确很难量化，但是文学的确有一条金线，一部作品达到了就是达到了，没达到就是没达到，对于门外人，若隐若现，对于明眼人，一清二楚，洞若观火。"

度讲，确实觉得有点偏软，简单说就是太“乾隆”了，功很好很细，但缺了凌厉的东西。

我觉得可以再读一点更硬的东西，比如读点鲁迅、周作人啥的。关于王小波，我的原话是：王小波到底有多么伟大？这是一个问题。王小波确实有非常好的地方，其实在当代文学我自己的三个文字英雄里，排第一的就是王小波。

> 我尝试读过《三重门》，老气横秋，不好玩，没读下去，看了《长安乱》，翻了《一座城池》，偶尔看你的博客短文。坦率说，我不喜欢你写的东西，小说没入门，短文小聪明而已。至于你的赛车、骂战和当明星，我都不懂，无法评论，至于你的文章，我认为和文学没关系。文学是雕虫小技，是窄门。文学的标准的确很难量化，但是文学的确有一条金线，一部作品达到了就是达到了，没达到就是没达到，对于门外人，若隐若现，对于明眼人，一清二楚，洞若观火。“文章千古事，得失寸心知。”虽然知道这条金线的人不多，但是还没死绝。这条金线和销量没有直接正相关的关系，在某些时代，甚至负相关，可这改变不了这条金线存在的事实。君子可以和而不同，我的这些想法，长时间放在肚子里。
>
> ——冯唐《三十六大·大是》

> 小波的出现是个奇迹，他在文学史上完全可以备一品，但是还谈不上伟大。这一点，不应该因为小波的早

逝而改变。我们不能形成一种恶俗的定式，如果想要嘈杂热闹，女作家一定要靠裸露下半身，男作家一定要一死了之。我们已经红了卫慧红了九丹，我们已经死了小波死了海子，这四件事，没一件是好事。

现代汉语文学才刚刚有了真正意义上的开始，小波就是这个好得不得了的开始。

—— 冯唐《活着活着就老了·王小波到底有多么伟大》

文字是指月的手指，董桥缺个禅师帮他看见月亮。意淫的过程中，月上柳梢头，在董桥正指点的时候，禅师手起刀落，剁掉他指月的手指。大拇指指月就剁大拇指，中指指月就剁中指，董桥就看见月亮了。

董桥刻过一枚“董桥依恋旧时月色”的闲章，想是从锻句炼字中感觉到旧时的美好。旧时的美好还延伸到文字之外的东西，比如“鲁迅的小楷，知堂的诗笺，胡适的少作，直至郁达夫的残酒，林语堂的烟丝，徐志摩的围巾，梁实秋的眼镜，张爱玲的发夹”。这些“古意”，又反过来渗入董桥的文章，叫好的人说恍惚间仿佛晚明文气重现。

学古者昌，似古者亡。宋人写不了唐诗，元人写不了宋词……周树人的文字，凌厉如青铜器，周作人的文字，内敛如定窑瓷器。他们用功的地方不是如皮肉的文字本身，而是皮肉下面的骨头、心肝、脑浆。

其实，香港的饮食业，天下第一。对于香港，不要苛求。少读董桥肉肉的文字，多去湾仔一家叫“肥肥”的潮州火锅，他们肉肉的牛肉丸实在好吃。

——冯唐《活着活着就老了·你一定要少读董桥》

许子东：还有两个是谁？

冯唐：一个王朔，另一个阿城。我初中高中时期的三个文字英雄，那时候他们都还活着，现在去了一个。

许子东：看来他的文字趣味还是偏一点山野味道，不是那么书院，不是那么桌上的。

冯唐：是的。我觉得王小波有一阵被神化了。我自己看到他的一些弱点，比如我觉得他的文字可以更丰腴一点、更 high 一点。他受欧式语言影响还是太大，比起老一辈文人来，从古汉语中吸取的东西有点偏少。另外，他对人性可以挖得更深。小说结构有时候太臃肿，可以像《诗经》那样循环往复没问题，但他那个循环往复，我感觉到最后可能有一点点精神错乱的问题。我没有证据，只是从文章里看，这个循环往复有点怪。这些都是单纯从一个手艺人、同行的角度来分析。我说他是一个很伟大的开始，但不要神化他，我们后来人应该更加努力。我说的基本上都是很正面、很阳光的东西啊。

许子东：作家对作家其实都有看法的，问题是现在文坛的情况，是一百年来文学批评气氛最弱的时候。

冯唐：不批评！

许子东：20 世纪二三十年代是一个黄金时代，有像郑振铎这

像你我这样的邪逼
老天野合降生大地

来开几扇门
来挖几座坟
负责贡献本能
不管抚慰灵魂

我们是世人最好的朋友
我们是世人最差的情人
我们彼此相爱
就是为民除害

——冯唐

样一批很温和的文人，也有像郁达夫、郭沫若、成仿吾、鲁迅这类比较激烈的。梁实秋当时就盯住鲁迅吵。

冯唐：撕得很厉害。

> 梁实秋先生为了《拓荒者》上称他为“资本家的走狗”，就做了一篇自云“我不生气”的文章。先据《拓荒者》第二期第六七二页上的定义，“觉得我自己便有点像是无产阶级里的一个”之后，再下“走狗”的定义，为“大凡做走狗的都是想讨主子的欢心因而得到一点恩惠”，于是又因而发生疑问道——
>
> “《拓荒者》说我是资本家的走狗，是那一个资本家，还是所有的资本家？我还不知道我的主子是谁，我若知道，我一定要带着几分杂志去到主子面前表功，或者还许得到几个金镑或卢布的赏赉呢。……我只知道不断的劳动下去，便可以赚到钱来维持生计，至于如何可以做走狗，如何可以到资本家的帐房去领金镑，如何可以到 ×× 党去领卢布，这一套本领，我可怎么能知道呢？……”
>
> 这正是“资本家的走狗”的活写真。凡走狗，虽或为一个资本家所豢养，其实是属于所有的资本家的，所以它遇见所有的阔人都驯良，遇见所有的穷人都狂吠。不知道谁是它的主子，正是它遇见所有阔人都驯良的原因，也就是属于所有的资本家的证据。即使无人豢养，

饿的精瘦，变成野狗了，但还是遇见所有的阔人都驯良，遇见所有的穷人都狂吠的，不过这时它就愈不明白谁是主子了。

——鲁迅《“丧家的”“资本家的乏走狗”》

许子东：今天回过头来看，双方都有道理呀，你不能说鲁迅没道理，也不能说梁实秋没道理。文坛需要这样有流派、有风格的发展。到了五六十年代变了，变得只有批判了。再过一段时间，批判也没了。80 年代其实也不错，还能吵一通，还有什么探索小说、新写实主义，批评家跟小说家还在互动。现在呢，每个人都写你很好，比如贾平凹出来，有一批人说他好；余华出来，也有一批人说他好; 那么阎连科，是不是也好呢？没有争论，没有流派，没有批评。经济再发展，要是文化没长进，也没意思啊。为什么唐朝值得我们留恋？因为有李杜，有各式各样的人和风格。

冯唐：文学需要大量艺术的根基，好比如果没有好小说，出好电影也很难，音乐也不容易繁荣。我特别同意许老师说的，面儿上大家都当和事佬，可背后说得也挺厉害。

许子东：你讲董桥那番话，我相信发表了董桥也不会因此生气，他是一贯坚持那种软软的、书抄来抄去的风格。

窦文涛: 就怕媒体挑事儿，给你断章取义，要点击率呀，对吧？

许子东：所以媒体要起正面的作用。

人间无大事　除了吃和睡

窦文涛：过去光以为冯唐是个作家，其实还写了不少诗，对吧？这个“人间无大事，第一睡，第二吃，第三？抱着睡抱着吃”，什么意思呢？

冯唐：这是我观察新生儿的体会，除了睡就是吃，这是两个最大的事儿。

窦文涛：其实如果能把吃睡解决了，大人也没什么其他大事儿。

许子东：睡好解决，吃比较难。

窦文涛：睡怎么好解决？

许子东：睡嘛，人死了也是睡，对吧？

窦文涛：还有跟人睡的问题啊。

冯唐：对，跟谁睡、睡不睡得着也是问题。从医生角度看，这个人只要睡觉好，他的健康程度不会特别差。哪怕再累，只要能睡好，基本没问题。

窦文涛：你睡觉有问题吗？

冯唐：没，还挺好的。

许子东：睡不好真是糟糕的事情。有一次跟作家朋友吃饭，我说人老做梦不是挺好的嘛，因为人生有限，想做的事情很多，有 1/3 时间睡掉了，在睡梦中又体会到另一种人生，做各种各样的事情，那不是很好吗？他们说从医学角度看，如果睡眠质量不高，你这 1/3 也许占了一点小便宜，但另外 2/3 会受大损失。

冯唐：白天会出问题。

窦文涛：我特别佩服曾志伟，他是有名的走哪儿睡哪儿。比如艺人捐款，曾志伟主持，他讲完话之后，托着腮帮子就开始睡。大家在底下吵吵闹闹的，他不理会，过不了五分钟就能睡着，心理健康到这种程度！

冯唐：这就是能放下啊。吃睡这个事儿看上去简单，实际上非常复杂……

许子东：抱着吃咋回事儿？

冯唐：你可以想象嘛，抱着吃，抱着睡（笑）。

诗人？女孩陪你去医院……

窦文涛：我是觉得冯唐身上有种当代作家的性格魅力。像早年间一些作家，我老感觉长得是难看的，对吧？然后平常也不大能见到本人。而冯唐粉丝很多，微博上跟粉丝互动也特别频繁，有点明星化或偶像化的感觉。

冯唐：我是想避免的，所以除了你叫我，其他节目我很少出来。

窦文涛：我觉得你的性格魅力由什么组成呢，由拧巴组成。比方我们的小编导很喜欢你，说冯唐是那种特别谦虚的自高自大。好比你在微博上发的照片，哪儿拍的啊？

冯唐：芝加哥博物馆。之前有个朋友说，我长得特像里面的一尊佛像，我说我去看一眼，然后他陪我一块儿去逛，就帮我拍了这张照片。我觉得还算像。第二张是在大英博物馆，一个大明朝特展，包括明朝那时候的各种艺术品。这是明朝一张壁画，也是朋友觉得像，给我拍下来，发给我了。

窦文涛：你瞧瞧，长得像佛像！我记得有一次陈丹青跟我说，文涛，我觉得你长得像宋朝人。我听了心里倍儿得意，觉得他挺会夸人，然后他上节目，我说丹青老师说我长得像宋朝人，他说我说过吗？没说过吧。弄得我很难堪。

冯唐：我觉得你长得像秦桧（笑）。

许子东：我觉得冯唐这一代 70 后作家，跟前面一批作家最大的不同是，他不只是写作。前面这些作家一旦出了名以后，基本上就一直写下去了，而且会变成作协主席、副主席，变成处级、局级、副部级、部级干部，等于是进入官员体系。你的状态有点另类，有点不同。

冯唐：大家老觉得我另类，但我觉得我符合中国文人的传统。过去没有专业诗人啊，哪怕唐朝的李白，也总要当个小官吏，做个小买卖，要不然是个地主，要不然就去务农，总得干点吗啊。其实我的拧巴劲儿是有一定逻辑的，我是有些事儿先去做，然后在做的过程中稍稍退半步，想想到底怎么回事儿，最后拿出 10% 的时间表达。这样的好处是基本上能言之有物，不会自己生编硬造。

许子东：你有没有试过比如在三里屯酒吧这种场合，或者坐在火车上想跟女孩子聊天，然后说我是一个诗人，她是什么反应。

冯唐：别人肯定认为我是疯子呗。诗人原来是一个多么好的词啊。原来还真能靠当诗人蹭饭。

许子东：还能泡妞？

| 芝加哥博物馆佛像 & 冯唐 |

| 大英博物馆壁画 |

冯唐：对。比如到清华校园，清华女生挺少的，找个女生说我是诗人，你请我吃顿中午饭吧。基本这样就能把一个月的生活过下来，没准儿还能有点别的。

窦文涛：没准儿能抱着睡，抱着吃（笑）。

冯唐：当时有句诗叫“我是天才，正冒险来到人间”，现在是“我是一个天才，你是一个天才，冒着被抽的危险来到人间”！我不认为诗是应该被嘲笑的。其实咱们都过着庸俗的生活，但总有百分之一甚至千分之一的时候，会觉得咱们好像过着比庸俗高一点的生活，那一瞬间我觉得就是诗。

窦文涛：其实有些中国古诗，到我们这个岁数已经成为呼吸了。比如我到欧洲看见那些废墟，很自然就想到“遥遥望白云，怀古一何深”[①]。或者到郊外呼吸一下，自然就冒出来一句诗。人是有诗意的。许老师，我这么说的时候，你为啥用看三级片的眼光看着我？

许子东：哈哈哈……以前约翰逊说过一句话，人分两类，一类是诗人，另一类是其他人。那时候可以这样来区分，但是诗人现在变成一个社会符号。以前陈冠中[②]还说，在三里屯有三类人

---

① 出自陶渊明《和郭主簿》：蔼蔼堂前林，中夏贮清阴。凯风因时来，回飚开我襟。息交游闲业，卧起弄书琴。园蔬有余滋，旧谷犹储今。营己良有极，过足非所钦。舂秫作美酒，酒熟吾自斟。弱子戏我侧，学语未成音。此事真复乐，聊用忘华簪。遥遥望白云，怀古一何深！

② 陈冠中，作家。1952 年生于上海，香港长大，曾住台北六年，现居北京。著有《什么都没有发生》《半唐番城市笔记》《香港未完成的实验》等。

能泡妞：外国人、有钱人跟诗人。他说诗人得留长头发，然后拿一个吉他。然后要是在上海，诗人这类就被踢掉了，余下来挤外滩的都喜欢外国人跟有钱人。然后跑到兰桂坊[①]，外国人也被踢掉了，就剩下有钱人，什么CEO啦。但你要在兰桂坊跟人家说你是诗人……

冯唐：女孩转头走了，神经病嘛。

许子东：或者她陪你去医院（笑）。

致泰戈尔的信——你对我微笑不语（节选）

我翻译《飞鸟集》的初心是想借翻译一本东方先贤的极简诗集安静下来。在我一心向学之后、二〇一四年七月之前，我一直忙碌，总觉得书读不完，要加紧，事儿做不完，要加紧，人见不完，要加紧。二〇一四年七月我辞职，飞到加州湾区待着，我想我需要学点我不会的东西，比如慢下来、安静下来，人总是要死的，忙是死，

① 兰桂坊（Lan Kwai Fong），位于香港中环区的一条呈L形的上坡小径，名叫“兰桂坊”（取兰桂腾芳之意）。广义而言是指兰桂坊与德己立街、威灵顿街、云咸街、和安里、安庆台及荣华里构成的一个聚集大小酒吧与餐馆的中高档消费区，深受年轻一代、外籍人士及游客的欢迎，是香港的特色旅游景点之一。

慢也是死，我忙了三十年，我试试慢上三个月。

我选《飞鸟集》的原因也简单：您是亚洲第一个得诺贝尔文学奖的，您的诗是我小时候爱读的，《飞鸟集》字数很少，但是意思很深。

翻译《飞鸟集》的三个月是我人生最美好的一段时光。我租了一个靠近纳帕溪谷的房子，房子很破旧，院子很大，草木丰美，虫鸟出没，风来来去去，风铃叮叮当当。三个月，一百瓶酒，三百二十六首诗，八千字。有时候，一天只能翻定几个字，“僧推月下门”还是“僧敲月下门”，推敲之后，饮酒，饮酒之后发呆，看天光在酒杯里一点点消失，心里的诗满满的，“她期待的脸萦绕我的梦，雨落进夜的城”。

翻译《飞鸟集》之后，我对于您的印象有些显著改变。您不像民国文人翻译得那么小清新，骨子里有种强大的东方智慧的力量：“我感恩，我不是权力的车轮，我只是被车轮碾碎的某个鲜活的人。”您这本《飞鸟集》并不是一个儿童读物，您写作这本诗集时已经五十多岁了，儿童很难理解这些诗里的苦，我自己如果不是过去三年的遭遇也很难真正理解：“砍树的铁斧向树要木头把儿，树给了它。”您比我想象中更热爱妇女：“我不知道，这心为什么在寂寞中枯焦。为了那些细小的需要，从没说要，从不明了，总想忘掉。”您在世间万物中看到神奇：“你的声音，在我心上。低低的海声，在倾听的松。”

总结归纳争议，批评的声音集中于三点。

第一，篡改了您的原意。我不想争论到底谁更理解您的原意，我想争论的是我有自己理解您原意的自由，我有在我自己的翻译中表达我自己的理解的自由。从另一个层面讲，院中竹、眼中竹、心中竹、脑中竹、手下画出的竹子、观者眼中的竹子都不尽相同，您自己翻译成英文的《飞鸟集》和您自己孟加拉文的诗也不尽相同，哪个又是您的原意呢？“在我的后园，可以看见墙外有两株树，一株是枣树，还有一株也是枣树。”鲁迅的原意是什么呢？

第二，玷污了您的纯洁。批评的声音在三百二十六首诗中挑出来三首，三首中挑出了三个词，三个词一共五个字，为这五个字，堆了几十吨口水。这五个字是：裤裆，挺骚，哒。我不想争论这五个字是否真的不雅，我想争论的是我有使用甚至创造我自己汉语体系的自由。我不想争论的是我的翻译和郑振铎的翻译谁更好，我不想争论我的翻译风格是否逾越了翻译的底线，我想争论的是：我是我，所以我只能用我的词汇体系。我的词汇体系里，这三个词、五个字纯洁如处女、朗月、清风。

第三，借您炒作。我厌恶一切阴谋论。我厌恶以恶意度人，哪怕有些人的确是心怀恶意。生命很短，善意度人也是一辈子，恶意度人也是一辈子，我觉得还是用第一种方式度过生命比较愉快。

在批评的声音里，冯译《飞鸟集》被下架了。尽管杀掉所有的公鸡，天还是会亮的，但是这本《飞鸟集》

一时半会儿是看不到了。

我想着在天上的您，“你对我微笑不语”。

——冯唐

艺术标准

当我们挤地铁的时候，周围都是人，可是你心里觉得你跟沈从文、鲁迅的距离其实近得多，这些挤在你身边的人离你很远很远，甚至你的亲戚、朋友以及跟你有直接利害关系的人，也离得很远很远。反而另一个完全不认识的人，因为一句话，你会觉得跟他们很近很近。

记者和医生容易成为作家

窦文涛：许老师是研究现代文学的，你谈谈“冯唐现象”呗，他算70后代表性作家了。

许子东：冯唐很特别，他使我想起一个统计，什么样的人能成为作家？读中文系成作家的其实很少，比例最高的是两类人，一类是记者，一类是医生。

窦文涛：冯唐不但是医生，还是CEO呢，还在麦肯锡公司工作过。

冯唐：合伙人做了快十年。

许子东：冯唐是妇科医生，号称写情色小说，这比余华干牙医后来写暴力小说，两者之间好像更有关系。余华已经被人说以前整牙齿整出冷酷，你这个更厉害！

冯唐：其实一脉相承的。为什么医生容易变成作家呢？我想象有两点：第一，一个医生肯定要学各种跟人体相关的东西，解剖、生理、病理等一系列，就好像画家受过严格的素描训练，相对来说写作比较方便。比如我要描写文涛的身体，可能比许老师要精确一点，206块骨头大致什么样，什么地方有凸起，一目了然。第二，按我们行话讲，医生通常是一个关心人类的职业，心灵上

马尔克斯——记者

哥伦比亚作家、记者和社会活动家，拉丁美洲魔幻现实主义文学的代表人物，他将现实主义与幻想结合起来，创造了一部风云变幻的哥伦比亚和整个南美大陆的神话般的历史。《百年孤独》于1982年获诺贝尔文学奖，现已成为世界文学的经典之作，《霍乱时期的爱情》也被誉为伟大的爱情经典。

海明威——记者

美国作家、记者，被认为是20世纪最著名的小说家之一。其代表作《老人与海》获得普利策奖、诺贝尔文学奖。海明威的作品有他独特的创作风格，受记者生涯熏陶，他独特的“电报体”写作方式被当作成功范例而推崇。

狄更斯——记者

英国作家，曾做过记者。狄更斯特别注意描写生活在英国社会底层的“小人物”的生活遭遇，深刻地反映了当时英国复杂的社会现实，他的作品至今依然盛行，主要作品有《匹克威克外传》《雾都孤儿》《艰难时世》《双城记》等。

|鲁迅——医生|

鲁迅早年曾在仙台医学专门学校求学，后弃医从文，在文学创作、文学批评、思想研究、文学史研究、翻译、美术理论引进、基础科学介绍和古籍校勘与研究等多个领域都十分有建树，是中国现代文学的奠基人。他在《药》以及其他小说的创作中，题材上重在表现对社会病态的关注，语言风格克制、冷静、内敛，情节结构模式采用“生病—救治—死亡”，这些使他的作品在文学上具有独特的审美价值。

|余华——医生|

余华早期的小说主要写血腥、暴力、死亡，写人性恶，他展示的是人和世界的黑暗现象。他小说中的生活是非常态、非理性的，小说里的人物与情节都处于非常态、非理性的现实生活之中。

更容易体会人的辛苦、快乐等，有这些体会就容易写。

许子东：现代文学史上的两个主要人物，一个鲁迅一个郭沫若，都是学医的。

窦文涛：还有孙中山，孙中山最后把国家给治了一治。

> 我在“牙齿店”干了五年，观看了数以万计的张开的嘴巴，我感到无聊至极。当时，我经常站在临街的窗前，看到在文化馆工作的人整日在大街上游手好闲地走来走去，心里十分羡慕。有一次我问一位在文化馆工作的人，问他为什么经常在大街上游玩。他告诉我：这就是他的工作。我心想这样的工作倒是很适合我。于是我决定写作，我希望有朝一日能够进入文化馆。当时进入文化馆只有三条路可走：一是学会作曲；二是学会绘画；三就是写作。对我来说，作曲和绘画太难了，而写作只要认识汉字就行，我只能写作了。
>
> ——余华

曲有误，周郎顾

窦文涛：刚提到李安，我看李安有一次接受采访说，他觉得大陆的导演有点自恋，他的艺术观是艺术不能只表达你自己，他说要光表达你自己，那不叫艺术。他认为真正的艺术应该是浑然天成的，应该是一呼百应的，但是咱很多大陆导演的主张是表达我自己。

冯唐：其实文学里有一种说法，作家分几个等级，一是写出我自己，二是写出人们，三是写出人类。特别好的文学你读了之后，会对全人类产生感觉，觉得好像全人类都在故事里重现了。而有些艺术家是拿自己当成钻井钻下去，因为我自己最了解自己嘛。

窦文涛：拿自个儿当标本。

冯唐：但也要跳出来，从一个稍稍游离的状态来看自己，当成一个人类的标本来看自己。如果看自己什么都好，那我觉得有问题。

窦文涛：你有个提法我同意，关于“金线”的概念。搞现代艺术的很容易变成，我说这是艺术，这就是艺术，到底是不是呢？虽然我说不清什么是艺术，但总觉得存在着一个绝对标准，好就是好，没有什么争议，否则博物馆就没必要存在了。

冯唐：其实“金线”这事儿还引起过争论呢。我觉得没什么可争的啊，任何一个手艺或任何一个行当，都存在一定标准，这是天经地义的常识啊！在我们这个时代，常识都会被人跳出来说不存在，我觉得很可笑。举个例子，你是做主持人的，虽然一个好主持人的标准我说不了特别清楚，但是看你主持两三集，基本心里就有根线了。再有，几个好主持人同时看一个节目，大家的判断应该差不太多。这个在文学上特别明显，比如你叫我、毕飞宇、格非几个人，大家不昧着良心看十页某部小说，最后对这个小说过线没过线的感觉应该是类似的。

和音乐、绘画、雕塑、书法、电影、戏剧等艺术形式一样，和美女、美玉、美酒、好茶、好香、美食等美好事物一样，和文明、民主、人权、道德、佛法等模糊事物一样，尽管“文无第一，武无第二”，尽管难以量化，尽管主观，尽管在某些特定时期可能有严重偏离，但是文学有标准，两三千年来，薪火相传，一条金线绵延不绝。这条金线之下，尽量少看，否则在不知不觉中坏了自己的审美品味。这条金线之上，除了庄周、司马迁、李白、杜甫这样几百年出一个的顶尖码字高手，没有明确的高低贵贱，二十四诗品，落花无言、人淡如菊、流水今日、明月前身等等都好，万紫千红，各花入各眼，你可以只吃自己偏好的那一口儿，也可以嘴大吃八方，尝百草，中百毒，放心看，放宽看，看章子怡变不成章子怡，吃神户牛肉不会变成神户牛。“文章千古事，得失寸心知。”可惜的是，和其他上述的事物类似，和真理类似，这条金线难以描述，通常掌握在少数人手里，不由大多数人决定。“尔曹身与名俱灭，不废江河万古流。”可幸的是，“大数原理”在这里依旧适用，以百年为尺度，当时的喧嚣退尽，显现出打败时间的不朽文章。如果让孔丘、庄周、吕不韦、司马迁、班固、昭明太子、刘义庆、司马光、苏东坡、王安石、曾国藩、吴楚材等人生活在今天，让他们从公元前500年到公元2000年选三百篇好的汉语，《诗经》、楚辞、汉赋、唐诗、宋词、明清小说、先秦散文、正史、野史、明小品、禅宗灯录百无禁忌，我愿意相信，重合度会超过一半。这些被明眼人公认的好文章所体现出的特点，就是那条金线。

——冯唐《三十六大·大线》

许子东：在自己这个行里比较容易，稍微一跨行就不明白了。比如上次跟毕飞宇到台湾评小说奖，最后跟台湾几个评委的观点很不一样，但总算还能沟通。可是如果你叫我评画，那这个标准我真是完全不懂。听说最近有幅画几乎是白色的，卖了很多很多钱[①]。文学这个领域是什么人都可以进来掺和，不像理工科讲究实证，有很实际的客观标准和科学判断在那儿摆着。

窦文涛：什么东西都是会看的看门道，不会看的看热闹。

许子东：可是很多人觉得文学谁都可以来发言，谁都可以来说。

窦文涛：《不二》听说在广大读者当中很热闹，是不是？

冯唐：类似金字塔吧。最广大的群众看《不二》，可以看到情色、历史上的政治斗争等等，但是再往上走，会回到文学本身。所谓理想读者其实是存在的，我写的时候很用心思的地方，也许广大读者中的那么两三位能看出来，说，哦，冯唐那块写得好，我知道心思用在什么地方。当年我读《红楼梦》和《金瓶梅》，在一个小屋里点盏灯，翻着很简单的白纸黑字，忽然觉得写得真好啊，这个角度妙极了！我觉得曹雪芹和《金瓶梅》的真实作者应该感谢我，应该为有我这样的读者感到幸福。

① 指美国画家罗伯特·雷曼的作品《无题》，是一幅几乎完全空白的油画。画作以有质感的白色颜料上色，带有一点蓝色和绿色的痕迹。它的价值估计是1500 万到 2000 万美元左右（按当时汇率约折合 9000 万至 1.2 亿元人民币）。

许子东：我有一个非常强烈的感受，当我们挤地铁的时候，周围都是人，可是你心里觉得你跟沈从文、鲁迅的距离其实近得多，这些挤在你身边的人离你很远很远，甚至你的亲戚、朋友以及跟你有直接利害关系的人，也离得很远很远。反而另一个完全不认识的人，因为一句话，你会觉得跟他们很近很近。

窦文涛：千载之下有知音嘛。我喜欢一个成语叫“周郎顾曲”[①]，话说三国的时候，周瑜精通音律，宴席旁边有人演奏，弹错了一个音，他也不说话，就看了一眼，意思是你弹错了。所谓“曲有误，周郎顾”，他能听出来，咱音盲什么也听不出来。

冯唐：也有可能是那女的故意弹错想引起他的注意。

窦文涛：这是作家的思维。

胸不让看了，出口在哪儿？

窦文涛：据说冯唐老师为了写《不二》，研究了很多唐朝历史，而且还是收藏家，收古玉、旧家具，听说品位很好。以你这个研究专家来看电视剧《武媚娘传奇》的“胸器”现象，有啥感受？

冯唐：我写小说有一点理科生的偏执嘛，看了大量唐朝的东西，包括平时女的头发怎么盘，衣服是啥样，城市的布局、街道，

---

① 周郎顾曲，指周瑜精通音律，虽醉酒，一听奏乐有误，必回头看。出自《三国志·吴书·周瑜传》：“瑜少精意于音乐，虽三爵之后，其有阙误，瑜必知之，知之必顾。故时人谣曰：‘曲有误，周郎顾。’”

湖在什么地方，妓院下面地道怎么通，等等，吃喝玩乐看了一溜够，才敢动笔写。

窦文涛：妓院还有地道？

冯唐：比如你有头有脸的，自己不好意思直接敲门，人家门口一问，谁？你说窦文涛。窦文涛，谁？嫖客。不能这样！要走地道，出了地道骑马走，再坐轿子或怎么样，溜达回去很隐蔽。据说现在可能也有这种形式。

窦文涛：现在还有？有人在家里挖地道？

冯唐：我不知道，反正就是暗道嘛。武媚娘“胸器”这个事儿本来我不知道，后来发现微信朋友圈里刷屏，放的都是大头。

窦文涛：现在叫“武大头传奇”。

冯唐：唐朝特别初唐的时候，是一个相对自由、开放的社会，女人穿得都偏少，而且偏透。比如《簪花仕女图》，还有敦煌那些唐朝的绘画，穿得都挺少的，戴各种各样的饰物，有的还能看见肚脐，反正露的地方还蛮多。那个朝代就那样。

窦文涛：许老师你看武媚娘“胸器”了吗？你那么爱看电视剧！

许子东：没有。但我好奇的是很久以来中国人把小脚看作是第二性器官，你看《金瓶梅》对胸很少描写的，绝对不像今天这样，什么“胸器”，吵死人了。可是《金瓶梅》对脚的描写非常精细，非常之多。唐朝还是关心胸多过脚。

冯唐：我觉得唐朝有蛮多的外来文化输入，唐朝有些地方跟中国传统不太一样，比如喜欢金银器多过玉器。李氏在太原附近起家，那地方本身就是五胡杂处，所以李氏有一个很开放的心态来处理对外关系。而且唐朝太强大，就敢有一个包容开放的心态。唐朝人的很多衣服样式、图案，都是国外传过来的，不是传统汉文化。另外，唐朝女人在道德上也相对自由、开放，公主经常可以再嫁、三嫁。

窦文涛：再嫁三十多回听说（笑）。

冯唐：比如窦文涛娶了公主，公主把窦文涛虐待死了，公主号称也挺伤心，怎么办呢？到一个尼姑庵待半年，洗白白。有时候待不住，待仨月就出来了。

窦文涛：武则天就洗白白了一下嘛。

冯唐：而且还可以儿子娶老爸的小老婆之类的。

许子东：武则天是唐太宗的才人嘛。

冯唐：其实《不二》里写皇帝睡武媚娘的时候经常会想起他老爸。

窦文涛：说到武媚娘“胸器”这个事儿，我觉得中国古人对女人胸的关注点和西方人不一样。那时候的人没有罩杯这个观念，可是你看范冰冰她们挤的胸实际是西方式的胸，球形，晚礼服的感觉。《簪花仕女图》《捣练图》这些唐朝的画，包括一些春宫画，女人胸的线条是平缓的。

许子东：应该没有胸罩这一说。

冯唐：好像是没有。

窦文涛：要不说中国是饮食大国呢，中国人描写女人的胸历来比较侧重色、香、味，什么酥胸啊，白嫩啊，而西方人更重视轮廓。野史中有一些记载，能看出唐玄宗、杨贵妃和安禄山三人的闺房关系。杨贵妃梳头化妆，衣服掉下来，露出一半酥胸，唐

《簪花仕女图》为唐代周昉所绘，用笔朴实，气韵古雅，描写几位衣着艳丽的贵族妇女春夏之交赏花游园的情景，向人们展示了这几位仕女在幽静而空旷的庭园中，以白鹤、蝴蝶取乐的闲适生活。

全图分为四段，分别描写妇女们长拂戏犬、拈花赏花、与鹤犬游、捉蝶在手的情形。人物线条简劲，圆浑而有力，设色浓艳，富贵而不俗。反映出唐代对女性的审美观——雍容华贵，丰腴端庄。

《捣练图》为唐代画家张萱所绘，画作原属圆明园收藏。1860 年“火烧圆明园”后被掠夺并流失海外，现藏美国波士顿艺术博物馆。

《捣练图》是一幅工笔重设色画，表现贵族妇女捣练缝衣的工作场面。这幅长卷式的画，共刻画了 12 个人物形象，按劳动工序分成捣练、织修、熨烫三组场面。第一组描绘四个人以木杵捣练的情景；第二组画两人，一人坐在地毡上理线，一人坐于凳上缝纫，组成了织修的情景；第三组是几人熨烫的场景，还有一个年少的女孩，淘气地从布底下窜来窜去。画面人物体现一种富丽华贵、雍容富态的审美观。

《武媚娘传奇》主要讲述武则天从 14 岁入宫闱再到身着皇袍头戴帝冕最终登位的人生历程，以及权力斗争的故事。由于剧中人物衣着暴露，首播之后被要求剪辑，一时引发舆论热议。

玄宗就作诗“软温新剥鸡头肉”，然后旁边安禄山大脑袋钻出来，对上一句“润滑犹如塞上酥”[①]，三人凑一块儿玩这个！

冯唐：皇帝和将军还可以写这种诗，那是一个多么“伟大”的时代。

许子东：这个“传统”一直延续到现在，某些地方的贪官（笑）……

窦文涛：父子共用一个女人是比较乱！政权继承也经常出现杀亲兄弟的情况，比如唐太宗。

冯唐：这是中国传统，不只唐朝，从最开始就杀杀杀。

窦文涛：西安的碑林里有块碑，是唐玄宗李隆基写的《孝经》。他夺皇位，杀了姑母，但是杀完之后他深刻认识到，我必须要以孝治国，所以写《孝经》。

冯唐：李世民是杀了他哥哥弟弟才起来的。

窦文涛：这跟性解放没关系，是吧（笑）？

冯唐：没关系，这是权力斗争（笑）！

> 朕闻上古，其风朴略，虽因心之孝已萌，而资敬之礼犹简。及乎仁义既有，亲誉益著。圣人知孝之可以教人也，故因严以教敬，因亲以教爱。于是以顺移忠之道昭矣，立身扬名之义彰矣。子曰：“吾志在《春秋》，行在《孝经》。”是知孝者德之本欤！
>
> 《经》曰：“昔者明王之以孝理天下也，不敢遗小

---

① 据《隋唐遗史》等诸多野史笔记记载，一次杨贵妃浴罢，“对镜匀面，裙腰褪露一乳，明皇扪弄曰：软温新剥鸡头肉。安禄山在旁曰：润滑犹如塞上酥”。后人将乳房称作“鸡头肉”，大概典出于此。

国之臣，而况于公侯伯子男乎？”朕尝三复斯言，景行先哲。虽无德教加于百姓，庶几广爱形于四海。

嗟乎！夫子没而微言绝，异端起而大义乖。况泯绝于秦，得之者皆煨烬之末；滥觞于汉，传之者皆糟粕之余。故鲁史《春秋》，学开五传；《国风》《雅》《颂》，分为四诗。去圣逾远，源流益别。

近观《孝经》旧注，踳驳尤甚。至于迹相祖述，殆且百家；业擅专门，犹将十室。希升堂者必自开户牖，攀逸驾者必骋殊轨辙。是以道隐小成，言隐浮伪。且传以通经为义，义以必当为主，至当归一，精义无二，安得不翦其繁芜而撮其枢要也。

韦昭、王肃，先儒之领袖；虞翻、刘邵，抑又次焉。刘炫明安国之本，陆澄讥康成之注，在理或当，何必求人。今故特举六家之异同，会五经之旨趣，约文敷畅，义则昭然，分注错经，理亦条贯。写之琬琰，庶有补于将来。

且夫子谈经，志取垂训，虽五孝之用则别，而百行之源不殊。是以一章之中，凡有数句，一句之内，意有兼明。具载则文繁，略之又义阙。今存于疏，用广发挥。

——李隆基《孝经·序》

公元710—713年，临淄王李隆基以两次兵变，杀伯母韦皇后，诛姑姑太平公主，立父唐睿宗，后又登上帝位，史称唐玄宗。为避名不正言难顺之讳，以确保帝位，他宣布以“孝”治天下。天宝三年（公元744年），玄宗诏令天下家藏《孝经》一部，让子弟精读勤学，并于第二年亲自书写《孝经》，刻碑以示天下。

女人简直要一切？！

窦文涛：冯老师这些年一直也挺关心民工的性生活的。

冯唐：那真是社会问题！十几岁二十出头的小伙子，离开家整天干那么枯燥的工作，你说让他咋办？

窦文涛：你说咋办？

冯唐：我不知道啊，我觉得社会学应该关心这个问题。

许子东：回到20世纪60年代，年轻人学学雷锋不是照样过来了？也没有录像带看，也没有洗头妹，稍微一动就给你搞个罪名。不过精力总要有个地方去，于是就去搞斗争，去揪别人，这也是一种力比多的发泄。

窦文涛：咱别光讲性了，好多女读者也关心冯老师对感情的看法，你觉得性和情是什么关系？都说男人是有性才有情。

冯唐：我觉得万物皆有情，人更是有情。

窦文涛：我看你写文章说现在比较流行暖男。

冯唐：你文章看得还挺勤！

窦文涛：你的黑材料我一直在整嘞（笑）。现在女的倾心暖男，我挺有同感。有些可敬的女士凑一块儿就讲暖男，我跟她们辩论，她们说你不是那样的人，你理解不了。我说暖男他不也是男人吗？难道世界上真出现了另一种男人，他跟我的内心感受不同，所以我理解不了？

许子东：什么叫暖男？

冯唐：我问了几个人，再结合百度，大致定义是非常贴心、温暖、会关心人，但可能能力、颜值或财力都偏弱的一些男士。

许子东：就是以前讲的“小男人”嘛。

冯唐：我写暖男这个文章有俩初衷，一是善意地提醒广大妇女同志，暖男其实有时候挺猥琐难辨的，他是抱着一些古怪的目的出现的，比如想睡你或者想娶你，一旦完成这个阶段性的目标，插销拔了，暖男就变成猥琐男了，你不要以为他能一直暖下去。

窦文涛：这个我觉得很有必要提醒她们（笑）。

冯唐：二是劝广大妇女同志自强不息才是根本，所以文章名叫《自己穿暖和才是真暖》，如果你把很大期望搁男人身上，我觉得长久不了，最后你自己也很累。你总希望别人给你喂饭、给你温暖，这是病，得治！

我要是女人，我想我也会在某些瞬间爱上这些暖男，被这温柔一刀砍倒。但是，剥开这层温暖，就是明显的问题。这是病，这得治。

如果把暖男当成最亲近的男性朋友，他们成事不足，败事有余。的确，他们总是安慰，但是很少缓解，从不治愈，他们长期的作用往往是让你坠得越来越低，让你成为更差的你。听一个女性朋友说，曾经有个暖男痴迷她，尽量陪伴，一次电视台采访她，他也在，她把相机给他，让他随便照点花絮。两个小时之后，采访结束，她看到相机里一张照片也没有，问他怎么回事儿，他说，她实在太美了，只下意识地痴看，完全忘了照相。这个女性朋友说，当时，她用尽了全部教养，忍住没一个大嘴巴抽他。

如果把暖男当成以结婚为目的的男朋友，你在结婚之后很可能会发现，这个暖男其实是猥琐男变的。在你成为稀松家常之后，暖男不够闲了，看东瀛AV多过看你了，也不够贱了，脾气一天天大了起来，也不够耐心了，常常反问你有问题为什么不自己去谷歌或者百度，也不够热爱琐事了，洗碗也要和你分单双日了。两个性别不同、成长背景不同、教育背景不同的男女个体，三观接近的概率很低，以反自然反禽兽的婚姻形式长期愉快相处的概率几乎为零。即使这样，两个人还是要爱过，就算之后爱成了灰，也是后来婚姻的基础。你和你暖男的基础内核不是相互的贪恋，这个，你知道。

说到底，女人还是要自强：不容易生病的身体、够用的收入、养心的爱好、强大到混蛋的小宇宙。拥有这些不是为了成为女汉子，而是为了搭建平等的基础。自己穿暖才是真暖，自己真暖之后才有资格相互温暖。

——冯唐

许子东：女的能接受暖男在事业上不是很强势，其实并不等于她放弃了对男人的财富、权势等方面的要求，她要你是CEO，有上市公司，同时还要是暖男。

窦文涛：这些要求我从对猿猴的研究就感觉到了。我感觉到女性很难不挑剔，很难不什么都想要。自古以来女性这种高级动物就要为婴儿找一个好的抚育环境，这赋予了她一种本能，就是什么都得挑。基因好不好？有没有能耐？会不会对我们感情持久？因为我跟孩子需要一个男的比较长时间忠于我们，包括吃得好不好，住得暖不暖……她简直就要一切。

冯唐: 直接要可能有矛盾，但女的通常逻辑差点，不考虑这个，就是要要要。

许子东: 也是因为女的比较痴情，一旦选定以后就不作他想，希望来改变你，让你逐步满足她的要求。

窦文涛: 要不说有个作家叫石康的，去了美国感觉就不想回来了。他说过去找中国女朋友都是小鸟依人型，基本是为男人在床上预备的，到了美国才知道，你需要的是一个拿着指南针就能找到路、跟你能一块儿把房子盖起来的女人。他的意思是美国妇女都这样子。

> 美国对我最直接的冲击便是对姑娘的趣味，我发现我以前找姑娘完全是中国趣味，因在中国，性最实用，当我因种种原因内心焦躁与苦闷，在灯下写作时听她撒个娇就觉生活有点安慰，而她的相貌与身材多是为了引起我的性欲和保护欲。但到了美国，普通人生活变广阔，安慰没有用，生活需要自己去创造。
>
> 在美国，性占的比重不再那么病态地多，我希望有个姑娘跟我一起使用工具建房子，而不是只在边上给我擦汗叫老公，此时，原来的中国趣味纷纷瓦解，这时你才得知，一个帮手是多么重要，若是她不能与你一起把

床垫举上车顶并捆住，你就只能自己去举，但你一人很可能真的在大风中完不成。

——石康《浅议现代中国女性的优秀》

冯唐：我觉得这人在冒傻气，真是不想回来了，回来之后中国妇女同志能给他劈死。但他有一个好处，至少坦诚，心里怎么想就怎么说。他希望女的不要作为男人的附属品，自己多独立独立，其实无非是这个意思，只是说得那么找抽的样子。

窦文涛：他以后就成了“来自美国的冷男”。

绅士风度装着装着就习惯了……

窦文涛：我再代表女同胞问冯唐一句，你说暖男往往可能不是在事业、金钱上多么有优势的，但是你们男的为什么就不能有事业很成功，又很有才华，长得还挺帅，同时对女人也是暖男这一款？为什么你们不能做这样的男的？

冯唐：我正在努力啊。有些东西内在有矛盾，比如男的干事业需要全身心投入，可能那么几个月，也有可能一两年。我自己创业的时候从无到有，前三年英文叫 all in，所有精气神都扑在一件事上，否则做不好。这时候你再要求他顾家，给你端饭、给你买花，我觉得很矛盾，你到底想不想让他成功？

窦文涛：没错，男性的注意力有这么个特点，有时候女的未必能理解。她会觉得你再忙，给我打个电话就几分钟，为什么不打？不想着我？为什么一分钟都没有？其实不是的，我要分出这一分钟给你打电话，接下来半个小时我的脑袋都回不到刚才的状态。

冯唐：没错。

许子东：我怎么觉得男的怎么样，多数还是女人造成的。对大部分女人来说，男的能挣钱买房子、在事业上能站住脚才是更重要的。男人因此养成了一种心理，他从青少年的时候就被各种各样的女人的眼光所塑造，这造成了男人的自我认同。他觉得我得爷们儿，我得把事情做成，而另外一些事就可以放淡一点。反过来，女人怎么样也是男人造成的。范冰冰的胸为什么那么受关注？男人关注嘛。男女是互动形成的，谁也别怪谁。

冯唐：互为因果。

许子东：而且你不能看文艺作品，文艺作品常常跟现实是相反的。比如你看韩国影视剧，女的是野蛮女友，男的是都教授，可是要真到韩国去，你去找找看！我接触的韩国女的好贤淑啊，后来发现这是韩国男人造成的。男的太不像话，把女人搞成这样。

窦文涛：听说韩国大男子主义比咱严重。

许子东：当然，女的都乖乖整容去了。这么多人整容，说明男的要求多么强势。

窦文涛：我有一次在巴黎跟一个女性朋友吃完饭出饭店，那是个旋转门，门一转我正好走前面就出去了，把女孩堵后边了。我用眼睛余光看见门口的 waiter ·脸嫌弃地看我，那意思是你中国男人这样子对女人！但是那天我碰见徐静蕾聊到这个话题，她说凭什么让你们男人给我开门啊？我不需要你这样对待我。

《我的野蛮女友》由全智贤和车太贤主演，影片一改过去韩片中女主人公温柔贤淑的形象，美丽的女主角野蛮起来比男人还粗鲁残忍，对男主百般折磨，上映之后掀起一股“野蛮”的热潮。

都教授，韩剧《来自星星的你》经典角色，从外星球掉落到韩国大地，能够瞬间移动、暂停时间，长相帅气、超级痴情，一时成为大众情人。

冯唐：文化差异。她是觉得你给她开门是认为她不行。

许子东：李昂[①]，写《杀夫》的台湾女作家，很厉害。我在香港跟她吃饭，走到门口，我停了一停，犹豫要不要给她开门。李昂说门还是要开的，单还是要埋的，大男子主义还是要反对的。这种女权主义才厉害！我觉得特别标榜我不要男的开门，我不要什么什么，这还是初级阶段的女性主义，是那种故意较劲。

窦文涛：冯唐有大男子主义吗？

冯唐：我觉得我应该有吧。

许子东：他妇产科医生做那么久！

窦文涛：但是表面上还是能装装绅士风度的，是吧？

冯唐：装着装着就习惯了嘛……

① 李昂，台湾当代著名小说家。处女作《花季》，涉及性意识、性心理的禁区，从此其作品多以两性关系为题材，深入探讨妇女命运、人性的解放及其与社会文化道德的关系等问题。其作品中有强烈的西方现代意识，被视为台湾“新世代”代表作家。代表作品有《杀夫》《迷园》等。

过年

传统上讲过年是一家人团聚，团聚在一起，是最不应该老看手机的时候，尤其中国人现在四处飘荡，本来这时候应该好好看着爹妈，结果还在看手机，回家过年的整个意义全变了。

窦文涛：冯唐老师年三十怎么过啊？

冯唐：吃饺子，见爸妈，放鞭炮，看个花（齐笑）。

窦文涛：文道呢？

梁文道：都一样。

冯唐：我出生的前20年，基本每年过年能有新衣服穿，之后这20年，过年对我来说基本都是读书和写作，没别的了。

窦文涛：咱俩挺像，虽然我还比你大几岁。我们小时候过年，三十晚上放完鞭炮就睡觉，醒来枕头旁边会放着一套新衣服，妈妈做的，一年就做这一套，类似中山装，蓝衣蓝裤，那种布叫涤卡还是什么，在灯光下蓝得发绿。

冯唐：卡其布吧。

窦文涛：反正是一种泛蓝的布。喜欢那个感觉，过年穿上新衣服，里面还套着棉裤。香港那边好像不一样？

梁文道：我小时候过年基本都在台湾。台湾那时候没这样的新衣服。

过年不流行放炮了

梁文道： 过年我印象最深的是放炮，现在香港是不让放炮的，法律规定。我小时候放各种各样的炮，我记得我家后面是台湾的宪兵学校，我们小孩经常在那儿放一种冲天炮，一点像火箭一样射出去。

冯唐： 一响还是两响？

梁文道： 一响。

冯唐： 我们北京叫“蹿天猴”。

窦文涛： 我们河北那边叫“起货”，我至今不知道啥意思。

冯唐： 就是“嘣”地能起来的东西呗。

梁文道： 我们会找一堆炮，对准宪兵学校发射，然后总有人出来骂我们，我们就“攻打”那个宪兵。

冯唐： 台北怎么骂街的？

梁文道： 翻译出来意思基本跟北京骂人的话差不多。宪兵出来搜寻一会儿，就开始骂。

窦文涛： 我们小时候是把起货架在砖头上，对着人家的楼“打”过去。

冯唐： 北京是闪光雷，一般是九响、十六响。闪光雷点完之后，用手拿着，然后“嘀”出去一个，“哐”一响，有个闪光，它是连发的，威力比较大。

窦文涛：有人说如果算到你这一年有血光之灾，要是过了年三十还没应验的话，可以到医院抽管血，就算血光了。前几年我们公司有个同事，算命的说他今年有血光之灾，但是一整年什么事儿没有。大年三十晚上出去放炮，忽然一个炮点着之后倒地了，他撒腿就跑，结果炮就追着他，他跑啊跑，回头看一眼的时候，“嘭”一声炸额头上了——就这么神，硬是没逃过血光之灾！过完年上班，他额头上贴着绷带。

梁文道：我后来有几年在河北老家过年，那是 20 世纪 90 年代初，农村地区很流行“炮市”，就是卖炮的会串成一个市场，一摊一摊都是卖炮的。后来政府不让形成炮市了，为什么呢？我亲眼见证过一回，村子里有很多大坑，冬天水干了，卖炮的人就跑到坑里头，弄二三十个卖炮的摊，聚在一起，结果有个小孩玩放炮，炸了，一摊摊接着炸过来。你想想一个大坑，往上跑不好跑啊，很多人就这么被炸伤了。

冯唐：湖南浏阳河那边也一直在做鞭炮，好像隔三岔五就会出事。

梁文道：风险很高的。

窦文涛：过年放炮这事一年年都在变。拿我们家来说，过去每年过年我们兄弟三个都放炮，很美好的回忆。现在我还是每年运一车炮回去，开始我爸妈还来看我们兄弟三个放炮；过两年呢，我妈不下来了，只有我爸下来；再过两年呢，我爸也不下来了；到现在呢，我哥哥弟弟都不下来放炮了。他们的孩子也不放炮，我说叔叔给你们放炮，孩子们不放，干吗呢？看手机玩什么的。

放炮慢慢不流行了，我的侄子们对放炮都没兴趣了。

梁文道：过年还看手机？

窦文涛：是啊。

睡到三星正晌时，被母亲悄悄地叫起来。起来穿上新衣，感觉到特别神秘，特别寒冷，牙齿嘚嘚地打着战。家堂轴子前的蜡烛已经点燃，火苗颤抖不止，照耀得轴子上的古人面孔闪闪发光，好像活了一样。院子里黑得伸手不见五指，仿佛有许多的高头大马在黑暗中咀嚼谷草。如此黑暗的夜再也见不到了，现在的夜不如过去黑了——这是真正地开始过年了。

这时候绝对不许高声说话，即便是平日里脾气不好的家长，此时也是柔声细语。至于孩子，头天晚上母亲已经反复地叮嘱过了，过年时最好不说话，非得说时，也得斟酌词语，千万不能说出不吉利的词，因为过年的这一刻，关系到一家人来年的运道。做年夜饭不能拉风箱——"呱嗒呱嗒"的风箱声会破坏神秘感——因此要烧最好的草，棉花柴或者豆秸。我母亲说，年夜里烧花柴，出刀才，烧豆秸，出秀才。秀才嘛，就是知识分子，有学问的人，但"刀才"是什么，母亲也解说不清。大概也是个很好的职业，譬如武将什么的，反正不会是屠户或者是刽子手。

因为草好，灶膛里火光熊熊，把半个院子都照亮了。锅里的蒸汽从门里汹涌地扑出来。白白胖胖的饺子下到锅里去了。每逢此时，我就油然地想起那个并不贴切的谜语：从南来了一群鹅，扑棱扑棱下了河。饺子熟了，父亲端起盘子，盘子上盛了两碗饺子，往大门外走去。男孩子举着早就绑好了鞭炮的竿子，紧紧地跟随着。父亲在大门外的空地上放下盘子，点燃了烧纸后，就跪下向四面八方磕头。男孩子把鞭炮点燃，高高地举起来。在震耳欲聋的鞭炮声中，父亲完成了他的祭祀天地神灵的工作。

——莫言《过去的年》

人人低头看手机

梁文道：我觉得中国人看手机的频繁程度真是让我挺惊讶的。我前阵子出国旅行，跟中国的旅行团一起。大家谈得很开心，但是有一个行为让我一直挺惊讶，就是大家到了一个饭馆，一桌一桌坐好，然后桌上放张卡，写着这个餐厅的 Wi-Fi 密码。平常人家不会有这个东西，那是为了照顾中国客人。我问服务员这是贵国的习惯吗？服务员说，不是，这是贵国的习惯！

冯唐：找 Wi-Fi 跟找爹妈、找组织似的。

梁文道：一坐下来立马人人开始上网。有时候我在北京跟朋友吃饭，也是大家不看对面的人，都低头看手机。

窦文涛：现在是手机控制人类。

梁文道：但这个问题中国人比较严重，在海外比较少。

冯唐：你说大家约着吃饭，好久没见面了。结果看手机的时间比彼此双目对视的时间还多，那干吗约吃饭啊？自己吃自己的就完了。

梁文道：我也是搞不懂，吃饭低头看手机，有点魂不守舍。

窦文涛：冯唐微博粉丝那么多，是不是得随时随地弄这玩意儿？

冯唐：我还好，我手机基本扔在包里，不拿出来看。要真看微博、微信这些零碎东西，一天什么都不用干就过去了，我觉得太浪费。我把自己的身体当成狗一样训练，一般都是八点以前起床，起来上洗手间，开始排便活动，排便的时候顺便看手机，最多也就十几二十分钟，一天就这么点时间。

梁文道：现在过年也是看手机，传统上讲过年是一家人团聚，团聚在一起，是最不应该老看手机的时候，尤其中国人现在四处飘荡，本来这时候应该好好看着爹妈，结果还在看手机，回家过年的整个意义全变了。

冯唐：网上有些内容是拼了命要把自己变得很有趣，看着也好像确实比爹妈的一张脸有趣，但这是网站的工作啊，要不然它没钱挣。人们长期看这些东西，可能就跟吃习惯了放味精的菜一样，慢慢地对平淡的东西产生了抗拒。过年的时候，我跟父母吃吃饭，还刻意问一些问题，想让大家一起聊会儿，结果发现我的兄弟姐妹对此感到很无聊，而小孩子感到更无聊，他们对爷爷奶奶的生活状态没兴趣，什么最近种花怎么样啊，完全没有好奇心。

窦文涛：没有对手机的好奇心大。

冯唐：手机是往里灌，标题党那种，让你产生读下去的欲望。可是人为什么要读书？为什么要交流？为什么要花时间跟亲人在一起？为什么要唤起一点好奇心？为什么不能多问几个问题，比如人家怎么生活的？开不开心？烦不烦？哪里开心？哪里烦？

窦文涛：现在的孩子是你不让我玩 iPad 我就烦。

过年须要在家乡里才有味道，羁旅凄凉，到了年下只有长吁短叹的份儿，还能有半点欢乐的心情？而所谓家，至少要有老小二代，若是上无双亲，下无儿女，只剩下伉俪一对，大眼瞪小眼，相敬如宾，还能制造什么过年的气氛？北平远在天边，徒萦梦想，童时过年风景，尚可回忆一二。

祭灶过后，年关在迩。家家忙着把锡香炉，锡蜡扦，锡果盘，锡茶托，从蛛网尘封的箱子里取出来，做一年一度的大擦洗。宫灯，纱灯，牛角灯，一齐出笼。年货也是要及早备办的，这包括厨房里用的干货，拜神祭祖用的苹果干果等等，屋里供养的牡丹水仙，孩子们吃的粗细杂拌儿。蜜供是早就在白云观订制好了的，到时候用纸糊的大筐篓一碗一碗的装着送上门来。家中大小，出出进进，如中风魔。主妇当然更有额外负担，要给大家制备新衣新鞋新袜，尽管是布鞋布袜布大衫，总要上下一新。

祭祖先是过年的高潮之一。祖先的影像悬挂在厅堂之上，都是七老八十的，有的撇嘴微笑，有的金刚怒目，在香烟缭绕之中，享用蒸禋，这时节孝子贤孙叩头如捣蒜，其实亦不知所为何来，慎终追远的意思不能说没有，不过大家忙的是上供，拈香，点烛，磕头，紧接着是撤供，围着吃年夜饭，来不及慎终追远。

——梁实秋《北平年景》

选择够复杂的城市终老

窦文涛：我们的小编很迷冯唐，弄了不少你的文摘。

冯唐：我感觉很欣慰啊，哈哈哈。

窦文涛：比如你说择一城而终老，我也喜欢够复杂的城市，当然也要闹中取静。现在我有些朋友干脆就住三亚了，我觉得好像单调了一些。你喜欢什么样的地方？

冯唐：我还是喜欢相对复杂的地方，要让我觉得不烦。不烦不意味着每天要见不同的人、做不同的事，而是要够丰富，可以有很多选择，不见得去做，但是你想去的时候，它能有，而且不麻烦就能获取到。比如去个博物馆或古玩城，看点前朝留下的东西；比如去到机场，然后坐两个小时飞机能飞到另一个地方。另外，我觉得这个城市得跟自己小时候的经历有点联系，为什么这么说呢？避免老年痴呆症。

窦文涛：这有什么关系啊？

冯唐：有一种很经典的说法，对老年痴呆症最有效的治疗是让他的周围有早年生活的痕迹。国外有些养老院病房长得很怪，就是病人原来的住家，而且还是六七十年前的住家，里头放些老箱子、老点心盒、老收音机之类，为的是唤醒记忆。咱们这个年纪，大脑功能已经往下坡路上走了。

> 如果腰缠大把的时间，让我选择一个城市终老，这个城市一定要丰富。生命太短，最没有意义的就是不情愿的重复，所以人生第一要义不是天天幸福，而是不烦，喜怒哀思悲恐惊，酸甜苦辣咸麻涩鲜，都是人生经验，整天笑的是傻强，傻强们长得都一样，他们的十八号染色体比常人多一根。生物教授说，衡量一个生态环境，最重要的是物种多样性。如果天下只有一种水稻，这种水稻的天敌一出现，全人类就没食儿吃了；如果天下的姑娘全是苏小小，小鸟依人，小奶迎风，湖南卫视说杨门不男不女的女将才是超级美女，全人类就绝种了。
>
> ——冯唐《活着活着就老了·择一城而终老》

窦文涛：这让我想起一个医学实验，找一帮今天的老人，让他们住在小镇上，每天送20世纪50年代的报纸，完全生活在20世纪50年代的状态，那正是他们的青年时代。于是发现这些老人的种种指标显示他们返老还童了，似乎人身体里有个呼唤，就停留在小时候。

冯唐：没错，我在北京长大，现在的北京有诸多不好，雾霾比我小时候要严重很多，但是我为什么不想走呢？咱可以去比如海南租个小房，弄条小船，对吧？前阵子我也在伯克利住了，那里山清水秀，下面一个大学，据说是出诺贝尔奖最多的一个地方。

窦文涛：那你应该多住住啊。

冯唐：对啊，我说万一得了诺贝尔文学奖呢？万一梦想实现了呢？但是一回北京，一下飞机就闻到那种烤肉味、煤灰味，会觉得好熟悉啊，人忽然变得很有活力，至少对我来说是这样。我现在住的地方还是小时候生活的五平方公里之内——垂杨柳[①]，包括土地、空气、周围的风物，虽然拆了很多，但还有护城河，有天坛、龙潭湖在。这些意象让你反反复复去体会什么是时间，什么是生命，生命应该用来干什么，所以住北京会让我心里感觉更踏实一点。

窦文涛：我大部分从小生活在北京的朋友最后都难离北京。我从小生活在石家庄，但我真觉得在自己身上没有这个概念，我是不认故乡，不认老乡，不认同学……

梁文道：你六亲不认呗（笑）。

窦文涛：有时候真是勉强。比如中学同学，不是说不好，而是真凑到一起也没话说了，因为大家的生活不一样，兴趣也不一

---

① 垂杨柳位于北京市朝阳区，在东三环南路以里，归双井街道办事处管辖。小区包括垂西和垂东两个社区。

样。我们上大学那会儿最爱找“老乡”，而我对这个很陌生，我交朋友是性情之交，咱聊得来就交朋友，管你是哪儿的呢。我要住伯克利会乐不思蜀。我是在哪儿待着都懒，都不想去，但是去了就不想动，不想回来。好像我没有这个根，冯唐他还有个根。

梁文道：我也是，因为我去的地方太多了，我生在香港，在台湾长到十几岁，又回香港。每年我会去很多次台北，但并不会很强烈地觉得回来之后好舒服。某种舒适跟亲切感是有的，但我也常常想，到底什么地方才是我的故乡？我应该住在什么地方终老呢？我旅行去过很多山清水秀的地方，有的小镇什么都没有，就几个小农舍，可是你感觉好舒服，晚上星星好亮，夏天有萤火虫。我也想选择住在稍微复杂的城市，也许是城市近郊，这样可进可退。我想安静，但发现真住到一个很安静的地方，反而不一定能静下来了。

冯唐：心里不静。

梁文道：对，而且有农村生活经验的人知道，你去一个很小的地方住下来，人际关系更复杂，因为人太少了，比如天天串门，东家长西家短，每天组合不一样，互相说，很复杂。反而大城市里“大隐隐于市”，你认识一大堆人，但反而好躲。

择一城而终老

窦文涛：我有个良师益友，画家，你们也认识，刘丹[①]老师。他在美国住过好多年，最后还是回到北京来画画。我跟他说我就喜欢在外国住，就盼着能在纽约住几年。他说那样你会觉得特别孤单，举目无亲。我说我平常就挺自闭的，在北京我也待家里不出门，所以没关系。他说在北京你尽管不出门，但是你知道你熟悉的亲朋好友就在不超过十公里以内，你也许不找他们，但他们在你周围。他说你真到了纽约，那叫孤悬海外，甚至会有荒凉的感觉，在那样一个城市，你一个人，谁跟你都没有关系。

冯唐：没错，就像一首诗写的，谁写的我忘了，大概是“我走过你的楼，远远地向你招招手，也不见得见你，也不见得让你知道”。不见的人，有可能是初恋，有可能是老情人，也有可能是像咱们这样的朋友。你想这傻子现在干什么呢，就招招手，感觉很温暖。我觉得北京特别好玩的一个事儿是变化太快了，在我成长过程中，反反复复地体会到这些变和不变。比如东三环，我原来上中学骑自行车，从垂杨柳过双井，一直到白家庄，然后再骑回来。一路上，春天来了，树发芽了，柳枝垂下来。正好旁边

---

① 刘丹，1953年出生于南京。1981年江苏省国画院研究生毕业，后移居美国。在美国各地举办多项个展及参加具有重要影响的展事。出版画集有：《刘丹水墨长卷》《透明的黑诗》《静止的表情》。

一个女同学跟你一块儿骑车，她大致在那个时间从街角转出来，头发挺长，柳条跟头发一块儿飘。现在你再骑车过去，什么都没有了，你也不知道她上哪儿去了，树也死了，可就是这些可能一点意义都没有的东西，让你觉得好像来过一趟这个世界。

窦文涛：你还是喜欢有归属感。

冯唐：可能小时候安全感太少了吧。我不知道，反正觉得这种感觉很有意思。我喜欢知道每一个街角的来历。

> 最近三次回北京，没有一次见到蓝天。沙尘暴里，坐在啤酒杯子里，我问一个老哥哥，会迁都吗？老哥哥说，我们有生之年，可能性不大吧。我问，北京会变成沙漠吗？他说，我们有生之年，可能性不大吧。所以，还是回北京。后海附近整个四合院，不太现实。中等规模的四合院，占地五六百平米，基本住了八九户人，不找三四个打手，没上千万，请不走。砖木结构，俩小孩儿墙根撒泡尿就塌了，抹平了重盖，周围二三十个老头老太太找你麻烦。还是在城乡接合部找一块农民宅基地，自己人设计，自己人当工头，自己人画画补墙，我自己住。我问，只租二十年，二十年之后怎么办？老哥哥说，活这么大，我明白一件事，十年之外的事情，不想。
>
> 北京虽然已经不适合人类居住，但是还适合我思考，还能让我混吃等死，灵魂不太烦闷。
>
> ——冯唐《活着活着就老了·择一城而终老》

窦文涛：我想起北岛，他在某种程度上给自己的一个身份定位是漂泊者。他多年在国外游荡，甚至觉得诗人就应该是这样游荡的。

梁文道：但问题是他最后还要写《城门开》，最后还是要到北京。就算不回来定居，还是要把小时候认识的那个北京在脑海里构思出来。

窦文涛：北岛写他多年之后回到北京的那个诗，我觉得挺有感情的。

梁文道：所以还是会有乡愁。我跟你比较相似的是，我们都没有太强烈的故乡的牵扯。

窦文涛：我觉得我是片无根的飘萍。

冯唐：不能这么讲。

梁文道：女人听了，会想这是个什么样的男人，哈哈哈。

窦文涛：是啊，当年促使我选择新闻工作，就是有一个人的名字对我起了暗示作用。

冯唐：邵飘萍啊。

窦文涛：没错（笑）。

> 飞机降落时，万家灯火涌进舷窗，滴溜溜儿转。我着实吃了一惊：北京就像一个被放大了的灯光足球场。那是隆冬的晚上。出了海关，三个陌生人举着“赵先生”牌子迎候我。他们高矮胖瘦不一，却彼此相像，在弧光灯反衬下，有如来自另一个世界的影子。欢迎仪式简短而沉默，直到坐进一辆黑色轿车，他们才开始说话，很

难分辨是客套还是什么，灯光如潮让我分神。

在儿时，北京的夜晚很暗很暗，比如今至少暗一百倍。举个例子：我家邻居郑方龙住两居室单元，共有三盏日光灯：客厅八瓦，卧室三瓦，厕所和厨房共用三瓦（挂在毗邻的小窗上）。也就是说，当全家过年或豁出去不过日子的话，总耗电量才不过十四瓦，还没如今那时髦穿衣镜环形灯泡中的一个亮。

这在三不老胡同1号或许是个极端的例子，可就全北京而言，恐怕远低于这个水平。我的同学往往全家一间屋一盏灯，由家长实行“灯火管制”。一拉灯，那功课怎么办？少废话，明儿再说。

灯泡一般都不带灯罩，昏黄柔润，罩有一圈神秘的光晕，抹掉黑暗的众多细节，突出某个高光点。那时的女孩儿不化妆不打扮，反而特别美，肯定与这灯光有关。日光灯的出现是一种灾难，夺目刺眼，铺天盖地，无遮无拦。正如养鸡场夜间照明为了让母鸡多下蛋一样，日光灯创造的是白天的假象，人不下蛋，就更不得安宁，心烦意乱。可惜了的是美人不再，那脸光板铁青，怎么涂脂抹粉也没用。其实受害最深的还是孩子，在日光灯下，他们无处躲藏，失去想象的空间，过早迈向野蛮的广场。

——北岛《城门开》

没话说只能怀旧

窦文涛：还是说回过年，你们现在还有感觉吗？

冯唐：小时候如果给十分，现在是六分吧，勉强及格。

窦文涛：我甚至在网上看到，好多人把过年当成煎熬。很多人回家一个星期会觉得很难受。有的家庭不是没有感情，而是没有话讲。

冯唐：会不会因为年纪大了，咱小时候见朋友多少话要讲啊，现在见朋友就是扯淡，你也不念书，他也不念书，说点网上看到的新鲜事，餐馆也来过好多次。跟家里人也有这个问题，父母都七八十岁了，咱们四五十岁，回来之后谈什么呢？不可能谈早恋问题怎么办吧，也不能老说死前有什么遗愿吧，最后不知道该说什么了（笑）。

梁文道：也就只能怀旧了。现在过年很多时候是出于义务，看到家里老人一年一年老去，你会想到跟他们一起过年还能过多少回，然后怀起旧来。

窦文涛：没错，我就发现我爸讲出了很多我妈的不好，这时候他全讲出来了。

冯唐：原来不愿意说的，不好意思说的，现在都说出来了。

腊月二十三过小年，香烛纸马送灶王爷上天。最好玩的是把灶王爷的神像揭下来，火化之前，从糖瓜上抠下几块糖粘儿，抹在灶王爷的嘴唇上，叮嘱他上天言好事，下界才能保平安。灶王爷走了，门神爷也换岗了，便在影壁后面竖起天地杆儿，悬挂着一盏灯笼和在寒风中哗啦啦响的秫秸棒儿，天地杆儿上贴一张红纸："姜太公在此"。邪魔鬼祟就不敢登门骚扰了。腊月三十的除夕之夜，欢乐而又庄严。阖家团聚包饺子，谁吃到包着制钱的饺子最有福，一年走红运。院子里铺着芝麻秸儿，小丫头儿不许出屋，小小子儿虽然允许走动，却不能在外边大小便，免得冲撞了神明。不管多么困乏，也不许睡觉；大人给孩子们说笑话，猜谜语，讲故事，这叫守岁。等到打更的人敲起梆子，梆声中才能锅里下饺子，院子里放鞭炮，门框上贴对联。小孩子们在饺子上锅之前，纷纷给老人们磕辞岁头，老人们要赏压岁钱。男孩子可以外出，踩着芝麻秸儿到亲支近脉的本家各户，压岁钱装满了荷包。天麻麻亮，左邻右舍拜年的人已经敲门。开门相见，七嘴八舌地嚷嚷着："恭喜，恭喜！""同喜，同喜！"我平时串百家门，正月初一要给百家拜年。出左邻入右舍，走东家串西家，村南村北各门各户拜了个遍，这时我才觉得得到了公认，我又长了一岁。

——刘绍棠《本命年的回想》

结结巴巴也是一种美

窦文涛：冯唐老师酒量怎么样？我发现你跟我们聊一聊，就拿个小壶喝酒。是什么？小二？

冯唐：威士忌。

窦文涛：我也试过，上节目前喝两口小二，发现状态好多了，但后来出现一个问题。

冯唐：越喝越多了吧。

窦文涛：对，你控制不好这个量。我问过很多人，包括玩摇滚的，我说你们喝点上去行不行？他们说主要很难喝到那个点上，一喝过了你就控制不住了。

冯唐：我只要让舌头软了就行，我早先是个结巴。

窦文涛：我也是。

冯唐：现在偶尔也会出现这个问题，脑子有时候比舌头要快，所以要让舌头稍稍软一点，可以说得快一点。

窦文涛：我正相反，观众投诉我嘴比脑子快，说我脑子迟钝。

冯唐：那你比我惨，哈哈哈。

窦文涛：过去上台之前有那个念念叨叨的做法，什么吃葡萄不吐葡萄皮，不吃葡萄倒吐葡萄皮。是有点帮助，能让舌头利索点。我现在有个更善巧的方法是非常快地像念绕口令一样地念《心经》，观自在菩萨行深般若波罗蜜多时照见五蕴皆空度一切苦厄舍利子色不异空空不异色色即是空空即是色受想行识亦复如是……非常快地念一遍，能把舌头练得顺点。

梁文道：纯粹只是为舌头啊，不是为你心灵安定吗？

窦文涛：这反映了我的宗教心理嘛，实用第一！说不定佛也加持，不加持也不要紧。

梁文道：说出来也挺迷信的，《心经》治结巴？！

冯唐：没准儿他能成高僧呢，就像听见佛的树，听见佛的石头，听见佛的猪和狗（笑）。

窦文涛：过去我们这一行有个说法叫播音腔，我说我不否认那也是美的，像陶瓷，汝窑，是光滑的、典雅的、一字不错的、特别流畅的，是一种美，可是我结结巴巴为什么不是一种美呢？我结结巴巴可能就像牛仔裤有破洞一样，也是流行的啊，而且还生动呢。过去中国人欣赏绘画，第一条叫气韵生动，有时候我觉得结巴一点还生动。

冯唐：结巴把你内心的小狡猾暴露出来了（笑）。

梁文道：我觉得不同人的声音有不同的美感，主要看这个声音有没有找到对的语言搭配，好比上次大家让余秀华[①]朗诵自己的诗，她说自己声音不行，说话费力，可是她在人民大学朗诵出来以后，底下的学生们很感动，因为那个诗是她自己写的，诗里有她自己的声音在，那是她的声音。

---

① 余秀华，网络诗人。代表作《穿过大半个中国去睡你》，作品被《诗刊》微信号发布后，被热烈转发，人们惊艳于余秀华的天才和诗歌的质朴滚烫、直击人心。出版诗集《摇摇晃晃的人间》《月光落在左手上》。2015 年当选湖北省钟祥市作家协会副主席。

是的，多少让人沮丧，黄昏里的花香正在淡去
一些小蝙蝠倒悬的身体如同刺在心尖上的话
心尖上的话，比蝙蝠倒悬得还高

我们点燃炉火，火光颤抖
你不允许我说话。衰老的身体敏感于空气的波动
你说钥匙太多了，不利于谜语（衰老是最后的谜语啦）

你看，我并不关心天上的星群
也不关心温热的气流里一些回窝的鸟雀
我那么远赶来，就想赞美你无处安放的沮丧
——余秀华《我们老了，没有人再对我们说爱了》

如何让你爱我，在我日渐衰老的时候
篱笆上的牵牛花兀自蓝着
比天空多些忧伤的蓝

如何让你爱我，在我更为孤单的时辰
村子里的谷子已经收割，野草枯黄繁茂
你在满天星宿里
怎么能找到来路？

我只有一颗处女般的内心了
它对尘世依旧热爱，对仇恨充满悲悯
而这些，在这孤独的横店村
仿佛就是在偷情
许多人知道，没有人说出

我不知道爱过又能如何，但是我耐心等着
这之前，我始终跟顺一种亮光
许多绝望就不会在体内长久停留
甚至一棵野草在我身体上摇曳
我都觉得
这是美好的事情

——余秀华《如何让你爱我》

唯大英雄能本色

冯唐：我有一个微信公众号，整天唠叨几首诗，有时候拿英文读读泰戈尔，然后读读我自己翻译的。当然我的声音肯定没有文涛老师好听，他是专业的嘛。

窦文涛：你认识到这一点还是很好的，哈哈哈。我写作也没有你写得好。

冯唐：你认识到这点也很好。我用我自己的语言读诗，哪怕那个英文是“垂杨柳味”的英文，我也不纠正，大家也就认了。其实你敢于暴露自己弱点的时候，大家挺开心的，觉得这么一个人终于有点弱点了，太高兴了。

窦文涛：我发现你们作家老爱说一个词——“情怀”，好像是人就要有情怀。我怎么觉得决定结果的更多是“状态”，可能因为我干这行，状态特别重要！

梁文道：能不能很真实地把状态表达出来，真实到什么地步，这也很重要。我记得有人写影评，评德国一个大导演法斯宾德的电影，说法斯宾德电影为什么感人呢？因为他勇敢到了一个地步，把自己最虚弱、最卑鄙、最怯懦的那一面都拿出来，坦然地交给大家了。这样真实的状态，我觉得最难。

冯唐：其实写小说道理一样，你要迈两个大槛，一个槛是自己这个槛，一个槛是所谓社会的槛，无非是哪些能说、哪些不能说。社会这个槛可能还能迈过来，大不了编辑好好给我把把关。自己这个槛，很大程度上更难迈。你敢把自己的精神赤身裸体地展示给人看吗？特别是年岁大了，所谓的“见识”“教养”多了，好像能看清好多东西了，风轻云淡，一切浮云，这时候再冒出很多小念头，你就很容易把它捏碎——这太不值一提了，这么大人这么有见识了，还为这个着急？

赖纳·维尔纳·法斯宾德（1945—1982），导演、编剧、演员。“新德国电影”的领军人物，他被称为“新德国电影”运动的心脏。法斯宾德的电影最大的特点是他对人类的直言批判，他敢于把德意志沉重的罪孽意识搬上银幕，他也撕下自己的外衣，把种种非常态欲望和阴暗心理逐一解剖。

窦文涛：丢不丢人啊。

冯唐：对啊，丢得起这人吗？我觉得创作者最关键的一点，是要保持足够的谦卑和真实。你心里冒出来的就是存在的，存在你就好好看看它，哪怕幼稚愚蠢，也可能是最闪光的东西。

窦文涛：你这么一说，我想起为什么我当不了演员。斯琴高娃讲过一句话，说我们演员容易吗？我们都是把你们平常最见不得人的那些情感袒露出来给你们看。演员把人性最赤裸的部分展示出来，某种程度上比裸体更不堪。刚讲到余秀华，那天我见到她之后，对她的状态感到很惊讶。不管她诗写得怎么样，毕竟她是一个从小在农村长大的人，一辈子几乎没到过电视台这种场合，可是你看她讲话多么自在、练达，让人惊讶。

冯唐：这就是天赋。过去古话讲“唯大英雄能本色”，很多人不敢把自己表露出来，是因为他还没有这种天赋，没有这种历练。

人到四十，诗如泉涌

冯唐：我在讲话这块超级没天赋。我记得很清楚，小学四年级作文得了奖，第一次当众说话，念作文，我站在那儿，深刻地感觉到自己的小腿肚子翻到前面去，一直在抖。后来经过很长时间训练，觉得自己无论从知识积累还是见识等，好像不比一般人差太多，才慢慢有了一点信心。

窦文涛：我当年第一次在学校演讲的时候，深刻地感觉到一股暖流顺着左大腿顺流而下（笑）。天赋这个东西我觉得跟通灵有关系。过去每个村都有一个大神，大神有时候一下就进入状态了，附体了。我们过去到西藏采访，听说有些《格萨尔王传》[①]的说唱艺人是文盲，往往是小时候发个高烧，醒过来以后就能说唱了。社科院研究《格萨尔王传》的学者，拿着录音机跟在他们后头录三天三夜。他们是不是背诵呢？有背诵，但大概也只能背十几卷，而且错误较多。这种不识字的说唱艺人却能一口气说唱下来，你说这是一种什么现象？

冯唐：就像隔空把一个 U 盘输入这些人的脑子里去了。我也听说有人经过车祸或一些很奇怪的变故后，忽然能说一种他原来没学过的语言。虽然我是学自然科学学医的，但是不排斥这些现象，有些东西我们确实完全不懂，现在科学也解释不了。举我自己例子，我在四十岁这一年忽然开始诗如泉涌了。我一共写了不到两百首诗，其中一百多首都是那一年写的，写完忽然就不太能写了，产量剧减，来去都莫名其妙。后来我觉得写得也不错，OK，出一本书，可能这辈子就这一本了。

梁文道：我也遇到过一些奇怪的人，比如我一个很要好的香港作家朋友，他小说写得很出名，他还写散文、评论，却从来不写诗。但是，他小说里的人物都是诗人，所以在小说里写诗。后来有

①《格萨尔王传》是藏族人民集体创作的一部伟大的英雄史诗，历史悠久，结构宏伟，卷帙浩繁，内容丰富，气势磅礴，流传广泛。史诗从生成、基本定型到不断演进，包含了藏民族文化的全部原始内核，具有很高的学术价值、美学价值和欣赏价值，是研究古代藏族社会的一部百科全书，被誉为“东方的《荷马史诗》”。《格萨尔王传》是世界上唯一的活史诗，至今仍有上百位民间艺人在中国的西藏、四川、内蒙古、青海等地区传唱着英雄格萨尔王的丰功伟绩。

朋友办诗刊，说你写诗吧。他说我不会写。怎么不会写？你小说里的人物在写诗啊。他说如果不用小说人物写，他就写不出来。

冯唐：其实人有时候是当了一个介质，帮助传递某些想法。有些是自己潜意识在作怪，有些不是自主能做的。这跟体育运动还不一样，比如你投篮，跳高的是你自己，你相对来说能控制，可是对这种创造性活动你自己控制不了。我自己有过体会，别人可能骂我超级自恋，但有时候真是老天在扶着你的手，让字往下流。

窦文涛：这就像爱情，不是你爱上了一个人，而是爱情选择了你们俩。有一个成语叫江郎才尽，就表达了你们文人的焦虑。江淹[①]年少时做梦，梦见一个仙人给他一支五色笔，江淹从此诗才大进，作了很多好诗。但是大概到中年的时候，突然有一天又做梦，梦见别人说，该还了啊，笔拿走了。醒了之后，从此江郎才尽[②]。

---

① 江淹（444—505），字文通，南朝著名军事家、政治家、文学家，宋州济阳考城（今河南省商丘市民权县程庄镇江集村）人。江淹少时孤贫好学，六岁能诗。文章华著，十三岁丧父。二十岁左右在新安王刘子鸾幕下任职，开始其政治生涯，齐高帝闻其才，召授尚书驾部郎、骠骑参军事；武帝时任骁骑将军兼尚书左丞；少帝时兼任御史中丞，先后弹劾中书令谢朏等人。历仕南朝宋、齐、梁三代。

② 江淹在被权贵贬黜到浦城当县令时，相传有一天，他漫步浦城郊外，歇宿在一小山上。睡梦中，见神人授他一支闪着五彩的神笔，自此文思如涌，成了一代文章魁首，当时人称之为“梦笔生花”。据《诗品》，传说江淹有一天晚上梦见一个人，自称是郭璞（晋代文学家），他对江淹说道：“我有一支五色彩笔留在你处已多年，请归还给我吧！”江淹从怀中取出，还给了那人。其后他写的文章就日见失色。时人谓之才尽，于是便有“江郎才尽”一说。

后海有树的院子
夏代有工的玉
此时此刻的云
二十来岁的你

——冯唐《可遇不可求的事》

我把月亮戳到天上
天就是我的
我把脚踩入地里
地就是我的
我亲吻你
你就是我的

——冯唐《印》

梁文道：很多作家都有这种问题，尤其得诺贝尔奖的那些，像川端康成[①]就自杀了。写出一部好东西，人家拍手称赞，你就期待下一部写出来大家还说好，然后就开始害怕，完了，我写成这样，接下来怎么办？患得患失。尤其那些刚出道的年轻小说家，

① 川端康成（1899—1972），日本新感觉派作家，著名小说家。一生多旅行，心情苦闷忧郁，逐渐形成了感伤与孤独的性格，这种内心的痛苦与悲哀成为后来川端康成的文学底色。早期多以下层女性作为小说的主人公，写她们的纯洁和不幸。后期一些作品写了近亲之间甚至老人的变态情爱心理，手法纯熟，浑然天成。

往往成名作很精彩，第二部小说就会很不好，得再过一段时间，作品才能再好起来。这种情况很常见。

三观不是导演个人问题

窦文涛：为什么中国一些导演，第一个电影最好，越往后一个不如一个？有很多解释，有人说还是底子薄，也有人说，拍第一部是他最纯朴的时候，没名没利也没有很多算计、考虑，就是把积攒多少年的东西表达出来。比如贾樟柯拍《小武》，纪录片似的，是他最熟悉的生活，憋了多少年出了一个，但是再往后是不是有“做”的成分？

冯唐：我倾向于用学识来套所谓的艺术家，如果他能出一部好片子或一部好小说，说明才华一定是有的，老天给了你这个天赋，要不然你屁都出不来。那么多人整天在出东西，为什么你能冒出来，对吧？但是到了后边，学识就产生了作用。学是二手经验，识是你亲尝亲见，这些构成你的武器库。老天给你的那点东西，应该和学识打通，形成一个活水。要不然你只能挖自己那点东西，有时候挺苦的。

梁文道：而且很快就会挖完。我发现有一类搞创作的人，比如中国人比较熟悉的村上春树，他很早就为当一辈子小说家做准备，我现在也许写得不够好，但是我要越写越好。小说越写越好是有难度的，他怎么办呢？培养自己的韧力，比如跑马拉松，把

《小武》是中国导演贾樟柯的成名作，讲述了一个屡教不改的“惯偷”的故事。抛开所谓的“小偷”身份，故事的主人公小武是个十分恋旧十分传统的人，亲情、友情在他心中都有沉甸甸的分量。但昔日亲朋好友早将他看作瘟神，唯恐躲避不及。无形之中，小武只能去做边缘人，换回某些满足和安慰。

写小说当成上班一样，每天固定时间写，写不写得出来都要写。他把写作当成这样一个长期的、慢跑的状态，熬过了那些创作枯竭的难关。

别人自有价值观和与之相配的活法，我也有自己的价值观和与之相配的活法。这样的差异产生了细微的分歧，数个分歧组合起来，就可能发展成大的误会，让人受到无缘无故的非难。遭到误解、受到非难，绝非令人愉快的事件，还可能使心灵受到深刻的创伤。这也是痛苦的体验。

然而随着年龄的增长，我们逐渐认识到，这样的苦痛和创伤对于人生而言，其实很是必要。想起来，正是跟别人多少有所不同，人才得以确立自我，一直作为独立的存在。就我而言，便是能够坚持写小说。能在同一道风景中看到不同于他人的景致、感到不同于他人的东西、选择不同于他人的语句，才能不断写出属于自己的故事来。甚至产生了一种罕见的状况：为数绝不算少的人把它拿在手中阅读。我就是我，不是别人，这于我乃是一份重要的资产。心灵所受的伤，便是人为这种自立性而不得不支付给世界的代价。

——［日］村上春树《当我谈跑步时我谈些什么》

窦文涛：这跟他们成名成家之后，离自己原来熟悉的生活远了有没有关系?

冯唐：这就是我为什么又搬回了垂杨柳！我总结了三点写作的诀窍：第一，你要敢于开头，别老整天憋着，该开头就开头。第二，你要建立屁股跟椅子的友谊，得坐得住。第三，必须结尾，也就是必须得写完。我有位朋友，写过二十几个开头，每个都是两万多字三万多字的开头，但没有一个结尾。关于村上春树，我听到他一些逸事，他会有规律地在不同国家、不同城市住上一两个月，我也因为工作问题到处乱跑，回来了就多在故乡住住。所谓故乡，我的定义是你二十岁之前待十年以上的那个方圆五里，你的根在那儿，你的树冠才能开展。

我固执地认为，一个人在二十岁之前待过十年的地方，就是一个人的真正的故乡。之后无论他活多久，去过多少地方，故乡都在骨头和血液里，挥之不去。从这个意义上讲，广渠门外垂杨柳就是我的真正的故乡。

这里原来是北京城外的近郊。所谓北京城里，原来就是城墙以里。北京城本来宜居，城墙一圈二十四公里，城里多数两点之间走路不超过一小时。广渠门附近的确多水，有大大小小很多湖、沟、池塘，有挺宽、挺深的护城河。水多，杨柳就多，长得似乎比别处快、比别处水灵。草木多，动物就多，原来还有公共汽车站叫马圈、鹿圈，估计清朝时是养马、养鹿的地方。附近我至少见

> 过四五个巨大的赑屃，汉白玉，头像龙，身子像王八，石碑碎成几块，散在周围。我想，附近应该埋葬过王侯级别的男人和他的老婆们；一直纳闷他们随葬了一些什么东西。广渠门附近确实多水的一个证据是，二〇一二年夏天的一个夜晚，下大雨，广渠门桥底下淹了好些车，还淹死了一个人。在北京这种缺水的北方城市，我还是第一次听到这样的事情。
>
> ——冯唐

窦文涛：我觉得中国人是不是有个小富即安的问题，很多时候生活境遇一改善，日子过好了，周围都是名流，搞点生活趣味，再琢磨出来的艺术有时候可能就只有小圈子能欣赏了，大众会觉得隔了。

冯唐：作为一个艺术家，你有没有办法跳出来看自己和自己的作品，甚至自己的三观，有没有可能在最大程度上用客观的角度看，这太重要了。有时候看一些成名导演的东西，明显觉得他的三观和常识有出入，但是他会非常醉心于自己的三观，可以想象周围人一定是哄着他的，而他缺乏珍贵的自觉。

梁文道：电影跟小说还不一样，小说是一个人孤独地写作，直到给编辑之前只有自己看过，但拍电影是集体创作，一个电影拍出来如果让人觉得有严重的三观问题，那一定不是导演一个人的问题。从构思到剧本到演员到拍摄，难道整个过程，所有人都觉得这是对的，这是好的，就这么办？会这样子吗？

冯唐：我倒觉得三观之外都是技术问题，所谓故事编得圆不圆，画面拍得有没有意思，都比不上三观重要，比如女生有没有权利掌握自己的身体这类问题，如果用一个“直男癌”的心态去拍，哪怕画面再美，对不起，我看着会别扭。

窦文涛：电影有它商业的一面，要服从商业规律。我前阵子跟向华强吃过一顿饭，他说你知道我们投资拍电影的人其实是生意人，我跟我兄弟每天晚上看香港电影院的午夜场，因为午夜场观众会比较放松，我们看观众什么时候笑了，什么时候骂了，都拿小本记下来，然后回去研究，每个地方笑是为什么，骂是为什么，你把它当成一个生意做的时候需要这么来研究。

冯唐：现在有一个更好的手段——手机，大家是一边看手机一边吐槽。

窦文涛：所以我现在得向年轻人学习，有些大学生跟我讲他们这一代人很难把注意力集中在一个东西上头……

糙活

当你不守规矩的时候，当你投机取巧的时候，你更容易在短时间内获得更大的利益，这时候只要有一小撮人这么做了，并且没有受到惩罚，除了个别洁身自好的，其他人就会去走这条“捷径”。“捷径”走多了，正常的路就没人走了，可是世上哪儿有那么多“捷径”？

窦文涛：叶檀是从上海来的，冯老师最近刚从国际上归来。你们有没有听说复旦大学那个事儿，跟国际有关系，跟上海也有关系。

冯唐：听说了，说复旦大学正朝着“复印”大学的道路飞快狂奔。

窦文涛：以后可以简称“复大”。这个火现在越烧越大了，这几天复旦大学道歉了，但人家东京大学说，你应该先向被抄袭者道歉啊。我一想挺有道理，比如你作家抄袭，应该向读者道歉，可是你抄了冯唐的，也要向冯唐道歉才对。

大学的灵魂被洗过了

冯唐：我觉得这事儿有两方面的对错，一是法律上的，二是江湖道义上的。中国人有时候不太爱分这两个东西。如果真有抄袭行为，要跟大众道歉，也要跟被抄袭者道歉，这是基本原则。

叶檀：复旦很多校友都痛心疾首，在微信圈里痛哭流涕。我自己其实不太在乎这个事儿，我觉得在中国出现任何事情我真的

| 复旦抄袭东京大学对比图 |

为迎接 110 周年校庆，复旦大学发布了一个 *To My Light* 的宣传片。该片与传统的高校宣传片形式迥异，在英文叙述背景音下，画面是从一架飞机的驾驶舱开始的，接着画面转进一间教室，一名穿着飞行服的女生在教室中醒来，随后漫步图书馆，看到正在阅读古代文献的老学者，在派对上跳舞，在操场上打太极拳，在黑板上手绘飞机……最后，她脱下了头盔，旁边一行字幕显示，她是复旦大学 2005 级毕业生乐娅菲。发布当天，就有微信公众号发文称其与东京大学 2014 年的形象宣传片 *Explorer* 如出一辙。

面对指责，复旦大学极力否认，宣传片的制片人公开称该片创作独立，留给舆论一片质疑。随后，复旦大学全面撤下 *To My Light*，并发布新版宣传片。连番动作与此前态度构成强烈反差，加剧舆论反感。随着质疑声进一步扩大，宣传片的制片人二度回应，并在回应中一改口风，承认较多参考了东京大学的短片，表示愿意坦诚接受公众批评。

| 复旦抄袭德国大学对比图 |

复旦新的校庆宣传片比被删形象片长了近8分钟，也显得更为传统，沿用了以往“说话＋祝福＋表态”模式，介绍了复旦110年来积攒的师资力量、学术成果、人才培养理念等信息。但该片发布次日，再次引来网友质疑。网友指出，此片涉嫌复制慕尼黑工业大学宣传片 *Typisch TUM* 的创意。

已经不在意了，我在想难道我已经丧失“审丑观”了吗？现在教授抄袭、大学生抄袭这类事儿很多，复旦宣传片这种事情我觉得迟早要爆发，即使不在复旦爆发，说不定也会在别的大学爆发，无非抄袭的时候会小心一点。其实复旦就像其他大学一样，它的灵魂早就被洗过了，已经不是原来的大学了。现在很多人说中国人到外国去没有礼仪，被人看不起，我也不在乎，我觉得我做我的就够了。大学同样如此，既然它的灵魂已经被剥夺了，我觉得它就跟我没什么关系了。

窦文涛：你也不以你是复旦人为荣？

叶檀：不以为荣，也不以为耻，事实就是这样子。当一个社会土壤坏到一定程度的时候，我觉得只能追求个体的尽善。

窦文涛：你意思复旦并不自外于中国，中国的情况都这样，复旦又怎么能避免呢？

叶檀：对。

窦文涛：先说抄袭了日本东京大学的，然后他们赶快换了一个，又涉嫌抄袭德国的大学，这就反映了在中国你已经避无可避了，处处都是山寨。

冯唐：真是有点痛心疾首，像复旦、北大这样的最高等学府如果还不能相对好一点，那就只剩下独善其身了。这是不是唯一的途径？是不是还能有点绿洲、净土，有点认真、有点有创意的人？我想大家难受就难受在这个地方。

化用也要再创造

窦文涛：其实作家群体的抄袭是最典型的，我觉得从前几年开始，作家之间的抄袭好像社会舆论已经不怎么谴责了，成了很自然的事儿。

冯唐：也不是，作家抄袭是很容易看出来的，稍稍比较就看出来了。从完完全全创造到百分之百抄袭，其实中间有好几个阶段。比如可以把一些创意化用，中国诗里就有这种化用，把意境、桥段化用，换个时间，等等；然后是小部分抄袭，减点句子、添点段落；再最后是纯抄袭。话说回来，法律上怎么界定抄袭行为……

窦文涛：打断一下，我觉得还谈不到法律，我发现真正有尊严的人用不到法律裁判。比如文艺或文学行当的，一看你这招儿是从人家那儿来的，对你这个恭敬程度马上就减低一分。我记得王朔写过一篇文章，彻彻底底地交代我那种北京话的写作方式是某一次跟谁谁谁侃大山的时候从他那儿得来的，没一个是我自个儿的，都是从别人那儿来的……我觉得这是要面子的人，就是说他已经到了一个比较高的自检标准。

冯唐：我同意你说的，马尔克斯也讲他的《苦妓回忆录》前边几个桥段是模仿川端康成写的《睡美人》。他明确说我向你致敬，我向你致意，我从你这儿获得了灵感。这就是一种很大气的感觉，让大家去比，我到底是抄了还是化用，还是有自己很多创意在里面。反之另外一类人，具体例子我就不举了。复旦这个事儿，抄不抄我不知道，但至少他们是借鉴了，可是又不好意思说，然后死鸭子嘴

《苦妓回忆录》的故事开始于20世纪50年代中期，讲述一个老记者为了庆祝自己的90大寿，特地找了个不到14岁的处女圆房，以示自己雄风犹存。没想到上床之后，他才发现，少女已被鸨母用了药，整夜昏睡不醒。老记者看着身边少女的青春胴体，不仅打消了取其贞操的念头，而且发现自己竟然爱上了她，最后决定把自己所有的财产留给她。马尔克斯在《苦妓回忆录》的开头悬置着《睡美人》的句子："客栈的女人叮嘱江口老人说：请不要恶作剧，也不要把手指伸进昏睡的姑娘嘴里。"以示他的灵感来源于川端康成的《睡美人》。

《睡美人》为川端康成晚期作品，讲述仍有性能力的江口老人先后五次到一家专门为丧失了性能力的老人而设的妓院秘密过夜。睡在妓院里的美人，服了药，处于昏迷状态，夜里发生了什么事，全然不知道。第二天早上，老人走后，她们才会苏醒过来。

硬地说随你们骂去吧，反正我没触犯到法律，你告我呀。我觉得这是一种很小气的心态。

叶檀：化用在历史上很多，宋词很多东西就是化用唐诗的，然后一直到清末的诗都在化用古人的东西，研究它们你就知道中国诗的传承是怎样的。文章同样如此，做些历史考古学之后，你就知道前人已经做到哪儿了，接下来应该做什么，然后避免去做无用功。如果没有这一块的话，觉得一切都要从头开始再来一遍，好像今天的一切都是新生的，其实世上哪儿有这样的事儿。

佳丽地，南朝盛事谁记？山围故国绕清江，髻鬟对起；怒涛寂寞打孤城，风樯遥度天际。

断崖树，犹倒倚；莫愁艇子曾系。空余旧迹郁苍苍，雾沉半垒。夜深月过女墙来，伤心东望淮水。

酒旗戏鼓甚处市？想依稀、王谢邻里。燕子不知何世；入寻常巷陌人家，相对如说兴亡，斜阳里。

——《西河·金陵》（宋·周邦彦）

山围故国周遭在，潮打空城寂寞回。
淮水东边旧时月，夜深还过女墙来。

——《石头城》（唐·刘禹锡）

朱雀桥边野草花，乌衣巷口夕阳斜。
旧时王谢堂前燕，飞入寻常百姓家。

——《乌衣巷》（唐·刘禹锡）

冯唐：“化”这种再创造本身，其实不是一个简单的工作，比如我有一句诗“春风十里，不如你”，唐朝诗人杜牧有首诗，“娉娉袅袅十三余，豆蔻梢头二月初。春风十里扬州路，卷上珠帘总不如”，但为什么我这个不是抄袭而是化用呢？他的“春风十里扬州路，卷上珠帘总不如”，是说我走过十里路，发现看到的那些卷上珠帘露出真容的姑娘都没有你好看；而我当时化用的“春水初生，春林初盛。春风十里，不如你”，是说春天刚刚来临的时候，我走过十里的春风路，各种眼、耳、鼻、舌、身、意收到的信息合起来都不如你给我的感受那么完整和丰富，意思是不一样的。

> 其三十，大酒喝到身体摇晃，勉强不坠地，一时，脑壳里杂乱沸腾如重庆火锅，似乎见一奸人在面前，无遮拦狂骂，骂到奸人消失，又狂发短信和微博，又抓笔抓纸写诗。次日酒醒，头痛如上紧箍咒。电话给那奸人，侧面了解，发现奸人昨晚不在，全是幻觉。查短信和微博记录，完全没有，昨晚手机早已没电。查床头，纸笔还在，字迹尚可辨认：“春水初生，春林初盛。春风十里，不如你。”诗句大好。于是欢喜。
>
> ——冯唐《三十六大·大喜》

人的内在要有诚意

窦文涛：这挺有意思，没抄袭的当成抄袭，抄袭了的反说没抄袭。其实我倒不太在乎这个，我有一个审美标准，就是不管抄不抄，得看你这活儿玩得好不好。说实在的，日本人当年也是模仿起家的，对吧？

冯唐：全面抄袭汉唐。

窦文涛：对啊。但是东京大学的宣传片和复旦大学的宣传片一比，咱们比人家 low 一级，人家是宇航员级别的，咱是飞行员级别的——整个就 low。要说你抄得好，青出于蓝胜于蓝，意境别致，我还觉得你会抄，但这个就像中国的很多山寨产品，平均比人家 low 一个档次，这就没劲了。

冯唐：所以化用的“化”是什么意思？消化之后再提升啊。如果真能抄得比原创的水平还高，才叫化。你抄的时候一定要抓住魂嘛。两个宣传片子我看了以后发现，东京大学的片子强调的是对比、学习、突破，一个穿着宇航服的，很笨拙的，本来应该是在外太空行走的宇航员，走在繁华的东京的街道上，走进大学，实际上强调的是一种笨拙感、突破感、学习感；而咱们这个穿一身蓝衣服的飞行员，看上去神出鬼没的，经常在别人旁边坐着，我不知道她在干什么。这就是没有抄到人家的魂。

窦文涛：原创里有一种感动人的诚意在里面。我看东京大学这个片子的时候都有点小感动，鼻子有点发酸，但是再看复旦这个片子，确实我觉着保安是不是应该把她收走，哈哈哈。

叶檀：人的内在要有诚意。当你对一个东西不喜欢或者根本

鉴真和尚，唐朝僧人，俗姓淳于，律宗南山宗传人，也是日本佛教南山律宗的开山祖师，著名医学家。应日本留学僧请求，他不畏艰险先后六次东渡，弘传佛法，传播博大精深的中国文化，促进了日本佛学、医学、建筑和雕塑水平的提高，受到中日人民和佛学界的尊敬。763 年，鉴真在唐招提寺圆寂，日本人民称鉴真为“天平之甍”。他指导日本医生鉴定药物，设计和主持修建了唐招提寺。这座以唐代结构佛殿为蓝本建造的寺庙是世界的一颗明珠，保存至今。鉴真死后，其弟子为他制作的坐像，至今仍供奉在寺中，被定为“国宝”。

没感觉，又要做出一个高大上的样子来讨人喜欢，这时候必然做出来的就是这样的东西。你发现很绚丽、花钱很多、场面很大，但里头全是空，关键在于没有灵魂。

冯唐：其实这种事情有传统，比如海鸥相机仿徕卡，上海表仿百达翡丽。从正面角度来说，至少我们是在学习一些顶尖的好东西，是想把那个场面撑起来，对吧？可是你在撑场面的时候要学到精髓，不能只学个皮毛。

世上哪儿有那么多捷径？

叶檀：我们是在一个“劣币驱逐良币”的市场。假设有一个剧院演的戏基本上都是好的，结果中国的有钱人过去了，然后花钱上演的都是场面宏大的烂戏，这时候你会发现，这个剧场的文化传统不存在了，一旦这个传统不存在，我就觉得出现什么都不奇怪了。

窦文涛：劣币真是驱逐良币，坏人真是驱逐好人，但是中国人并不是真的没有创意，有时候我们做一期节目，一些创意广告公司的人会提意见说，你们并不懂艺术，老说我们在抄袭，但我们真拿出一个创意，你们企业是不认可的。因为企业要快速见效，认为自己想出来的东西不确定管不管用，但是拿来一个英国、美国的模板是现成的、市场检验过的，能成功，所以我们也是被逼着抄袭。甚至一些老板直接就说，你看人家韩国那个，你们学一学嘛，你这个成不成我不知道。

冯唐：有社会大环境的问题，也有抄近路的心理。当你不守规矩的时候，当你投机取巧的时候，你更容易在短时间内获得更大的利益，这时候只要有一小撮人这么做了，并且没有受到惩罚，除了个别洁身自好的，其他人就会去走这条“捷径”。“捷径”走多了，正常的路就没人走了，可是世上哪儿有那么多“捷径”？

叶檀：你如果走正常的路，成本跟风险都会上升。如果是国外证明已经成功了的，说明它的风险会小，成本就低，我不用去找那么多创意，一个一个对比什么的，这样把人工费就省下来了，然后还可以得到同等的回报。比如我抄百达翡丽，当然我是学它的工艺，学了之后一开始返修率很高，然后逐渐变好，可以说是一个学习的过程。但最可恶的是我就只模仿你的外表，在市场上完全以你的面目出现，然后说我就是你——这个太恶劣了。

冯唐：那不是抄袭了，是造假。

窦文涛：这里头有一个不以为耻、反以为荣的问题，我觉得复旦这次至少是有羞耻心的，能道歉，承认自己是错的。电视圈也有这种现象，我都不知道该怎么看，比如大卫·莱特曼[①]做的明星访谈节目，摆一个大写字台一样的桌子，他跟明星坐得很近，我见过国内好几个节目是一模一样的桌子、一模一样的做法。

---

① 大卫·莱特曼，美国脱口秀主持人、喜剧演员、电视节目制作人，他主持的《大卫·莱特曼深夜秀》脱口秀节目曾获艾美奖最佳综艺节目奖，大卫·莱特曼用生动犀利的语言针砭时弊，在嬉笑怒骂中体现地道的娱乐精神，为娱乐类聊天节目树立了标准，从而获得了最佳谈话类主持人的称号。他的招牌是一副“龇牙咧嘴”的笑容。

冯唐：严格复印。

窦文涛：是啊，复旦大学至少有点臊眉耷眼，而电视这个圈子这种抄袭的事情已经司空见惯，比如要搞一个颁奖典礼，开会就讲奥斯卡颁奖礼是这样的……你们觉得这算什么现象？

叶檀：你再说就把你们贵圈的秘密全说出来了（笑）。其实除了你们电视圈之外，别的行业也都是这样子，比如现在要演讲，那我们会说乔布斯怎么演讲的，往左走几步，往右走几步……

窦文涛：个个穿牛仔裤、衬衫，拿着个笔唰唰唰。

冯唐：还是我们写作圈相对好，一目了然，可以比较。你要真能写成像斯蒂芬·金那样的，算你有本事；真能写成西德尼·谢尔顿，也算你有本事。但是你抄人家300字或是250字，是一样的，别人认为你二百五才抄成这样。

窦文涛：抄成二百五了（笑）。

创作无快感　抄袭成自然

叶檀：复旦一开始不道歉，我觉得是不是有个心理战，他们觉得我也没有全部复印。

冯唐：是啊，参与工作的人员还觉得挺委屈的，在现在的标准下他们已经算是认真干活的人了，看了日本的，看了德国的，有可能还看了韩国的，看了很多很多，找出最好的来模仿了一下，然后还做了一个预案，最后说他们抄袭，他们心里还挺委屈。话

斯蒂芬·金，美国畅销书作家，写过剧本、专栏评论，曾担任电影导演、制片人以及演员。斯蒂芬·金作品销售超过3亿5000万册，以恐怖小说著称。他的作品超越于传统的恐怖小说，不靠具体的意象来获得恐怖效果，而是通过对事件气氛的营造来震慑读者。代表作品有《肖申克的救赎》《绿里》《尸骨袋》。

西德尼·谢尔顿（1917—2007），美国传奇作家，是当今世界顶级说故事高手，全球有180个国家引进了他的作品。他52岁时才跨入小说作家行列，几乎每本小说都是出版不久就登上全美畅销书排行榜。他的小说大多以西方上流社会的活动为背景，他的故事情节跌宕起伏、一波三折、悬念丛生，时空跨度大、人物多、涉足领域广，读罢有酣畅淋漓的感觉。

说回来，这里头涉及一个讲究和将就的问题。咱们现在是太将就了，像复旦这样的大学，110年校庆，大家认为该讲究一点的时候、该讲究一点的地方、该讲究一点的人，结果你不讲究，让人就觉得有点失望。

窦文涛：讲究和将就，这俩词说得好。

叶檀：复旦的历史上有那么多故事，随便励志的、感恩的，什么都有，都很好，为什么要去做这种抄袭的事情啊？他们可能是觉得这符合当下的意识。

窦文涛：我觉得今天中国很多搞创作的人，可能已经不再能从创作里面得到快感了，就觉得是交差，你提标准我交差。我觉得一个作家如果还能从写作里获得快感，你怎么会去抄呢？你会让自己的灵感得以发扬、得以实现啊。

冯唐：那是最快乐的事儿。

窦文涛：就像复旦，其实宣传片是小事，应该说说那些跑项目、拿论文的事儿，还有几个教授能从做学问里获得快感？如果事情都变成了交差，拿到一个课题、拿到一个奖项、发表一篇论文都变成了交差，这时候抄就是很自然的情况了，因为我从这里边没获得什么荣耀。

冯唐：如果缺少了创造的快乐，哪怕花很多工夫很多钱，最后出来的东西一定不是一等一的。

窦文涛：绝对的！

冯唐：哪儿有噘着嘴能把事情做得特别好的？网友说不要老吐槽复旦了，说什么“复印”大学之类的，人家至少复制水平相对高，有漂漂亮亮的画面等。有的学校倒是原创，原创得跟“蓝翔”

一样……

主流审美是土豪金

窦文涛：叶檀是研究工业发展模式的，我想问你一个问题，是不是客观上存在这么一种情况，就是发达国家确实水平比我们高很多，我们在这儿自己玩出来的创意，的确跟人家相差太大了？

叶檀：这问题有两方面，一方面人家的审美观确实比我们好，这点得承认。我这么一说可能很多人会骂，说我们五千年文明，审美观怎么可能会差！但我们确实活着活着就活得很粗糙了，活成了贫民窟，现在我们的审美是断层的，不知道好的审美是什么样的。传统的也扔了，西方的也学不像，所以只好做成土豪金的样子，土豪金就是我们当下的主流审美，你得承认这一点。另一方面是我们现在是一个特别追逐利润的社会，我研究的就是这个——怎么样利润最高。当你追逐利润的时候，你会琢磨我怎么样做成本才能最低，然后发现模仿是成本最低的。当你模仿过界的时候，它就变成了抄袭。现在很多人说不定心里在恨互联网，说以前我抄都没事儿，现在一抄就有事儿了，因为有了互联网。有时候为了规避风险，我们索性会花大价钱直接去购买那些知识产权之类的东西，这样还是风险最低的。

窦文涛：像《我是歌手》《爸爸去哪儿》“跑男”这些节目就属于你说的这类情况。

|《爸爸去哪儿》&《爸爸！我们去哪儿？》|

|《奔跑吧兄弟》& *Running Man* |

|《我是歌手》湖南卫视版 & 韩国版|

冯唐：现在互联网技术让抄袭成本变得很高，以为大家看不出来，但我们有好几亿无事可干的网友呢，整天到处乱看，以后你再抄就会被打脸，不要冒这个风险。

叶檀：现在中国人已经深入国外的中小城市，也就是我们国内所谓的三四线城市，所以你抄袭被发现的概率很高。

冯唐：其实已经有一些冒头的、有创意的东西被市场奖励了，比如咱们的无人直升机在深圳做得很好，比如微信最开始的确模仿了人家一些模式，但是细节做得很好，后台、前台做得越来越好，有可能是全世界最好的。

附录《过去的大学·复旦校长李登辉事迹述要》（节选）

李登辉先生自1907年在沪与教会学校“清心女学堂”毕业的汤佩琳结婚后，所生育的三男一女，先后死亡。至1931年汤夫人病故后，他孑然一身，晚景凄清。有些复旦师友常劝他续娶。他说，他寄托精神于宗教，专心事业于复旦，把学府当作家庭，以学生为儿女，也就是了。他生活俭朴，不置产业。文艺界著名剧作家顾仲彝在沪曾与李为贴邻，他在《李老校长给我的印象》中说：“他穿的衣服，大半还是20年的旧东西，衬衫上满是补丁，裤子短得袜筒露出一段，大衣袖光得发亮。他在家的小菜只有一荤两素，有时外加一碟花生米。每月节余的钱，捐给孤儿院等慈善事业了。他说养成了节俭的习惯，就可以无求于人了……7 月 30 日，他起病前，早上我还去谈话。拙编《大学近代英文选》的李先生序言，就在那天他签的字。……他同我谈到时局，对现状很不满（笔者按：当时国民党反动派已掀起内战，特务横行，乱抓乱杀）。不过他要求我不要向外发表，不然，人家会套上一个帽子给他。……他鼓励我终身为教育事业努力。还说戏剧电影也是教育，说他看过我编的《三千金》，教育意义很大……”李登辉的思想和生活作风，确实如此。他重视教育而鄙视财产；热爱祖国而厌恶官禄。抗日战争胜利后，复旦实验中学主任教师汪云史陪一个大学部毕业的同学去请李写封信给校董于右任谋事。李不肯写，当面回复说：“你在当教师，不愿当了，想去做官；我可不愿保荐你！复旦学生当什么部长、大使、委员、厅长的已经不少了。我依旧教我的书，终身教书很满意！你功课很好，还是回去教书，为国家培植人才。”

他主持私立复旦大学 40 年。最后一次对复旦师生的讲话是在 1947 年 7 月复旦举行抗战胜利后第一次毕业典礼上。那时复旦已改为“国立”，他也早已退职。复旦同学会在上海江湾母校建造了“登辉堂”，以志纪念。那一次毕业典礼即在当时新落成的“登辉堂”楼上举行。校长章益请老校长位会讲话。据那时服务于上海出版界的复旦校友何德鹤在《现实》周刊上发表的文章《一代师表李腾飞》说：“他最后一次的公开演说是在今年 7

月 5 日复旦大学举行毕业典礼的时候，对同学说了这几句话：‘你们现在穿的 Cap and gown，中国名词叫作学士制服。你们穿过以后，应当是一个有学问、有道德的人了，更应当对国家有所贡献……Cap and gown 的来源，起于欧洲古代的传教士，是由传教士的服装改变而成的。以前欧洲的大学，起初只是研究神学的地方……一个传教士应当有服务的精神和牺牲的勇气……一个大学毕业生与传教士不同，但是，更加应当为社会服务，为人类牺牲……特别是在现在，我们还需要一致团结！全国人民团结起来，中国就有希望！……服务、牺牲、团结，是复旦的精神，更是你们的责任……’”何德鹤这篇文章里还记述着：“李先生自奉俭约，不事资产……在他逝世的那一天，他的侄辈等打开他的保险箱一看，空无所有！”

李登辉一生培植出来的学生，数以万计，服务于各省各界的人才极多。仅就教育界而言，充任过大专校长的即有 13 人之多，姓名如次：竺可桢、胡敦复、郭任远、罗家伦、何世桢、程天放、吴南轩、章益、黄季陆、黄华表、曹惠群、裴复恒、章渊若，其中极大多数是复旦毕业生，少数是肄业生，个别是清末李兼教中国公学时的学生。可是罗家伦、程天放、黄季陆等人都没有像李老师那样安于教育。

其中章益（安徽滁县人）复旦毕业后，由李登辉留任附中教员两年。1925 年赴美留学时，向李请示告别。

李问他："欲习哪一科？"答以"政治"。李不以为然，鼓励他改习教育，并说将来学成回国，可为母校发展教育系，为国家多培植师资，推进教育事业，实为重要使命云云。章谨遵师命，赴美后专攻教育与心理。1927年回国时，李即邀为复旦教育系教师，并加以培养，由副教授而教授而教务长（1927年章曾与南京上海各大学教授孙本文等联合发表《提倡中国本位文化宣言》。当时上海文教界称为《十教授宣言》。《大公报》《申报》《时事新报》均有记载）。抗日战争时期，复旦内迁重庆，两年后改为"国立"。章益由教务长继任校长。李年迈退休，致函说："得子继吾衣钵，吾无憾矣！"抗战胜利后，复旦迁回上海，章常趋李寓请示办理接收校产与复课等事宜。有时适有其他宾客在座，李就举当年鼓励他改习教育的往事，笑以语客，还叫他（章）也终身为祖国教育事业服务，当抱着牺牲的精神，不求利禄云云。章先后在复旦服务20多年。解放后，党和政府关心他，照顾他，安排他继续高教工作，近在山东师范学院为专任教授，是民革成员。

看花

今天大部分职场里的人想的都是提早退休，他们把工作跟休闲分成人生的两个阶段，现在属于工作忙碌的阶段，所有的闲情逸致留给后半生，并且为了要让后半生闲的时间够长、闲得够好，我现在得特别忙。但是终于有一天能够去休闲了，很多人就得抑郁症了，有一天他提早退休，发现自己已经不懂得怎么闲了。

窦文涛：听说赏花的季节，中国游客把日本樱花观赏区都给挤爆啦。

梁文道：是吗？都去日本赏樱花啊？

冯唐：日本现在这个时候是一房难求。

梁文道：前阵子我看日本 NHK（日本放送协会）英文频道的新闻说，中国人跑日本去购物，去血拼，去买马桶盖，在卖药、卖化妆品的店门口大排长龙，退税店里全是很兴奋的中国游客。

窦文涛：日本人还真是明大局，没有限购，而且你回国托运的行李还给你放宽重量和体积限制。听说有人甚至去日本买梯子扛回来。

日本樱花起源于中国？

梁文道：我记得前两年都在反日，网上有人在骂以后要把日本怎么怎么样，把东京怎么怎么样，怎么现在又这样啦？

窦文涛：骂的和买的不是同一拨儿人吧。

梁文道：也可能是同一拨儿人，他们所谓的“炸平东京”就是这个意思——我把那儿的东西全买了。

窦文涛：冲到歌舞伎町[①]找日本艺伎为民族复仇……不过日本樱花真是很美，咱不能去，心向往之，你瞧瞧日本这樱花的照片多美！

梁文道：好美啊。

窦文涛：就是人多，我现在都不敢去。你们知道樱花起源在哪儿吗？

梁文道：不说是云南嘛。

窦文涛：韩国那边又说，樱花起源于韩国。

冯唐：不是所有事都起源于韩国吗？印刷术、火药、造纸都源于韩国，哈哈哈。

梁文道：辣椒也是韩国的。

冯唐：还有泡菜、端午节、月亮。

窦文涛：我要为韩国主持正义，你们这是给人家泼脏水，好像人家韩国什么都跟咱抢似的，其实不是这回事儿，比方韩国的江陵端午祭，咱以为是把端午节给抢了，其实不是。

梁文道：那个的确是他们的东西。

窦文涛：其实人家那个活动跟咱完全不是一回事儿，虽然都有端午俩字，但人家既不吃粽子，也不玩龙舟。关于日本樱花的

---

① 歌舞伎町位于东京都繁华的新宿区中心地带，设有电影院、电玩城、舞厅、酒吧等，从深夜到黎明，人群络绎不绝，是个标准的不夜城。这里紧挨交通枢纽新宿车站，是餐饮店、游艺设施和电影院等集中的欢乐街。

江陵端午祭是韩国江陵地区特有的一种祭祀活动，活动期间会举行各种巫法和祭祀典礼，并会举行跳绳、假面制作等传统游戏和体验活动，以及精彩的巫俗表演、假面舞、农乐表演等。江陵端午祭并不是一种节日。

《樱大鉴》是1975年由冈田让、本田正次、佐野藤右卫门几位日本学者撰著的具权威性的樱花专著。内容阐述了日本樱花最早是从中国喜马拉雅山脉传过去的，之后在人们的精心培育下，在日本不断增加品种，成为了一个丰富的樱家族。

问题呢，现在根据中国樱花协会考证，说日本有一本叫《樱大鉴》的书，承认了樱花起源于中国喜马拉雅那个地区，在唐朝的时候慢慢地传到了日本。

花是种生殖系统

窦文涛：花好比女人的生殖系统，我这么说没错吧？

梁文道：什么叫花好比女人生殖系统？花有雌性，也有雄性，怎么会只是女人的生殖系统呢？应该说花是种生殖系统，但不能说是女人的生殖系统。

窦文涛：可是很多作家发过这个感慨呀。

冯唐：对啊，女人像花嘛。

窦文涛：动物和植物恰好相反，动物的生殖系统往往藏在最隐秘的部位，但是植物的生殖系统恰恰最笑脸迎人。冯唐不是老写诗嘛，可以在诗里抒发一下对花的情感。

冯唐：其实我对花最深的记忆来自南北朝一篇文章里的一句话，叫“暮春三月，江南草长，杂花生树，群莺乱飞”①，简简单单几个字，就让你觉得生机盎然。

---

① 出自南朝梁文学家丘迟的《与陈伯之书》：“暮春三月，江南草长，杂花生树，群莺乱飞。见故国之旗鼓，感平生于畴日，抚弦登陴，岂不怆悢！所以廉公之思赵将，吴子之泣西河，人之情也，将军独无情哉？想早励良规，自求多福。”

梁文道：今天我们说到日本就想到樱花，都觉得樱花是日本的国花，实际上日本是没有国花的，是咱们把樱花跟日本联系在一起的。因为他们在平安时代[①]深受中国的影响，那时候什么事儿都要学中国，对于花的次序、品位也是学中国的。咱中国人看花是分等级的，有些花我们觉得特高级，比如兰花，梅花咱也觉得等级非常高。

冯唐：梅兰竹菊嘛。

梁文道：梅兰竹菊，梅排第一。我以前读过日本的《万叶集》，里面大部分都在谈梅花，樱花很少谈，樱花是后来才越来越重要的。

冯唐：其实有些花挺难分辨的，比如梅花、桃花、杏花，甚至樱花，很多都是粉白粉白的，到春天就开，非常难分。

窦文涛：还有梨花。

冯唐：梨花稍好一点，基本都是白色的，而且花朵小一点，树大一点，相对好分，但刚才说的梅花、桃花、杏花不太容易分。我可以教你一个诀窍，梅比桃花少绿叶，桃花开的时候有点绿叶，梅花没有；梅比杏花多青枝，梅花会在枝头泛青，杏花是“怦”一下就开花了。

---

① 平安时代（794—1192），从 794 年桓武天皇将首都从长冈京移到平安京（现在的京都市）开始，到 1192 年源赖朝建立镰仓幕府一揽大权为止。在奈良朝末期，朝廷与贵族势力之间的矛盾激化。为了削弱权势贵族和僧侣的力量，桓武天皇于 784 年决定从长冈迁都到山城国的平安京，在那里筹建新都，希望借此获得平安、吉利、安宁与和平。由于平安京在 794 年完工，故史家常把 794 年作为平安朝的开始（也有一说把 784 年决定迁都的时间作为平安朝的开始）。平安时代的称呼来自其国都的名字。

《万叶集》全书20卷，收和歌4500余首，是日本最早的诗歌总集，相当于中国的《诗经》。所收诗歌为4世纪至8世纪中叶的长短和歌，成书年代和编者，历来众说纷纭，但作品多数为奈良年间（710—784）的。一般认为《万叶集》经多年、多人编选传承，约在8世纪后半叶由大伴家持完成。其后又经数人校正审订才成今传版本。

天平二年正月十三日，萃于帅老之宅，申宴会也。于时，初春令月，气淑风和。梅披镜前之粉，兰薰佩后之香。加以曙岭移云，松桂罗而倾盖；夕岫结雾，鸟封谷而迷林。庭舞新蝶，空归故雁。于是盖天坐地，促膝飞觞，忘言一室之里，开衿烟霞之外。淡然身放，快然自足。若非翰苑，何以摅情。诗纪落梅之篇，古今夫何异矣。宜赋园梅，聊成短咏。

——《万叶集》

腊去春回万象新，漫山遍野尽飘银。
寒梅绽放添祥瑞，国泰民安吉事频。

——《万叶集》

雀跃迎正月，阳春入小园。
仰观梅蕊绽，尽欢共陶然。

——《万叶集》

山樱烂漫霞氤氲，雾底霞间闻芳芬。
多情最是依稀见，任是一瞥也动人。

——《古今和歌集》

窦文涛：你对植物的生殖系统还这么有研究啊。

冯唐：因为协和的教育系统让你学所有关于生物的知识，先学种子植物学、被子植物学，再学无脊椎动物学、有脊椎动物学，比如鲍鱼的学名叫石决明，很美的名字，对吧？

浮生若梦 不如看花

冯唐：一个半月以前我刚从台湾回来，好多人可能不知道台湾也有樱花，叫作山樱花。台湾纬度比较靠赤道，山樱花相对开得早，它没有那么灿烂，不会一条江、一座山都是红红的或粉粉的颜色。它特别像老天把这个山谷当成一个花瓶，插一枝，别有一番味道。其实看花不一定非要集中在某个地方，很多地方都可以看。

窦文涛：我觉得本来咱们汉族人有一种深厚的赏花文化。你看一些照片，比如日本一家人在樱花树下喝着酒，我就联想到现在咱们的酒桌上一般是什么气氛。我在内蒙古发现有一种喝酒文化——后来发现不光内蒙古，甚至哈佛大学也一样，就像人家在樱花树下一样，今儿大家围着一桌喝酒，喝得差不多了，私人交谈也差不多了，就有人“叮叮叮”一敲，说我要给大家唱个歌，或者我要给大家朗诵一首诗，或者弹个钢琴，然后就此起彼伏……现在咱们喝酒是不是没这种氛围了？遥想古代，比如最早的时候清明还不是扫墓，清明是出去踏青，家家户户都在草坪上……

梁文道：唐诗里就有清明的时候是到曲江沿岸去赏花。

菖蒲翻叶柳交枝，暗上莲舟鸟不知。
更到无花最深处，玉楼金殿影参差。
翠黛红妆画鹢中，共惊云色带微风。
箫管曲长吹未尽，花南水北雨濛濛。
泉声遍野入芳洲，拥沫吹花草上流。
落日行人渐无路，巢乌乳燕满高楼。

——卢纶《曲江春望》

窦文涛：是啊，那样一种生活方式太让人向往了。今天咱们是不是太缺少这种地方了？

冯唐：其实这种地方有很多，但是咱们有两个最大的问题，一是玩手机，特别苹果手机发明之后，越来越好看，大家就整天盯着手机看；二是吃饭的时候喜欢谈事儿，这一点特别破坏气氛，不知道为什么大家总喜欢在吃饭的时候约着谈事儿。

梁文道：从来都是这样啊。

冯唐：我的理解是，有时候你得看人家约着看什么。比如我这边花要开了，今晚是花骨朵，明天可能会开花，能不能一块儿过来看看花。北京这种天，一刮风一下雨，一个星期花就没了，花期很短暂，所以看花不容易。也可能约点别的，比如中秋赏月，吃个月饼，然后看看月亮，不见得要谈一些具体的事儿。古代大家聚会吃饭，总有很多歌咏的记载，从来没有说在宴会上谈出了重大事情，总是说喝呀喝呀，“一举累十觞”，一举杯就连喝了十杯酒。

人生不相见，动如参与商。
今夕复何夕，共此灯烛光。
少壮能几时？鬓发各已苍！
访旧半为鬼，惊呼热中肠。
焉知二十载，重上君子堂。
昔别君未婚，儿女忽成行。
怡然敬父执，问我来何方。
问答乃未已，驱儿罗酒浆。
夜雨剪春韭，新炊间黄粱。
主称会面难，一举累十觞。
十觞亦不醉，感子故意长。
明日隔山岳，世事两茫茫。

——杜甫《赠卫八处士》

窦文涛：你这个讲得太好了，风雅不一定要是多高的文化。我上次去台湾，到少数民族的聚居区跟他们喝点小酒，觉得好开心啊。他们都是最淳朴的农民，跟你在一起不会谈你是做什么工作的、你得过什么奖，甚至也不会赞美你，不会说你好有名或者很有学问，大家不说这些话，反倒觉得很开心。在中国的交际场上，有些人我不知道是出于一种什么心理，某种程度上你也应该感谢他，他跟你交往靠的是在酒桌上贩卖他对你有多大用处，这种人我觉得都是大忽悠，好像上来就想征服你。比如一般的路子是，一上来就说冯唐我最喜欢你的小说了，在中国写小说前三名是冯唐、冯唐还是冯唐，但是你现在合作的出版社太差了，我能怎么怎么着，我认识谁谁谁，中央台拍纪录片的是我哥们儿，我给你拍纪录片，这纪录片能给你上 BBC……他要表现自己对你有多大用处，你明白吗？他是一腔好意，但经常弄得你很尴尬。

梁文道：在今天中国这种情况下，你很难有趣味跟风雅，就像冯唐讲的，出来吃饭好像总得谈事儿。如果不谈事儿，举个例子，比如我今天看家门口花开了，心想真好，约你俩来看花吧。这种话在今天听起来很暧昧，对不对？如果我约你说，有个项目出来谈谈，那你觉得这很正常，该去，但是约你来看花，你可能搞不明白是什么情况。

窦文涛：所以我的私人朋友圈子人很少，而这些人还真就可以一起看花、喝酒，大家觉得很开心。你在社会上交往的人多了之后，会发现大家在一起往往变成了一种推销和自我推销，说了半天就是我要让你知道我对你有什么用。

冯唐：我觉得至少应该达成一个比例，比如 40% 的饭局该谈事儿谈事儿，该做头脑风暴做头脑风暴，60% 的饭局争取不看手机，不看微信、微博、短信。另外，别老谈正经事儿，咱谈谈那些非正经的事儿，回归一下唐宋传统多好，你想想李白的《春夜宴桃李园序》（也作《春夜宴从弟桃花园序》）里面描绘的场景有多美。

夫天地者，万物之逆旅也；光阴者，百代之过客也。而浮生若梦，为欢几何？古人秉烛夜游，良有以也。况阳春召我以烟景，大块假我以文章。会桃花之芳园，序天伦之乐事。群季俊秀，皆为惠连；吾人咏歌，独惭康乐。幽赏未已，高谈转清。开琼筵以坐花，飞羽觞而醉月。不有佳咏，何伸雅怀？如诗不成，罚依金谷酒数。

——李白《春夜宴从弟桃花园序》

想交朋友就别谈艺术

窦文涛：有时候很奇怪，比如作家在一块儿谁都不谈写作，画家在一块儿谁也不谈绘画，谈的反而都是些饮食男女的话题。有人感慨说现在艺术家在一起都不谈艺术了，你说这是一种什么样的心理？是同行相轻，还是不好意思说真话？

梁文道：我觉得很正常，因为有时候也许知道各自的艺术观、对事物的看法相差太远，免得坐在一起谈下去伤和气，还不如瞎说，这女人怎么样那男的怎么样，不如说这个。

冯唐：我观察到有三种情况，一种是相差特别远，大家没啥可谈的，君子和而不同，别谈了，谈谈花吧，对着一棵樱花树谈谈八卦，我觉得也挺好；第二种是大家太熟了，太明白了，都知道各人的苦，就不谈了，索性放松放松，今天不谈事儿，不看手机，就好好品品这三瓶酒；第三种有共同的价值观、写作观、人生观，

这时候可以谈谈，比如上次我见格非[①]，第一个问题就问他，你现在这个岁数已经写了好几本书了，驱动你写作的动力是什么？他是早我十年写作的人，我想知道到他这个岁数他是怎么想的，这也是一种交流。

> 1994 年后的一段时间，就没动力了。有个时代的气氛在那儿，90 年代文学完全市场化以后，作家普遍都很担忧。我们在海南开过一个会，大家讨论的唯一问题就是作家们以后会不会被判死刑，作家们在商业化以后会不会饿死。从 1994 年到 2003 年，我什么都不写。我不知道究竟该干什么，写给谁看，有谁来看。既然有很多作家在写，自己就不要再丢人现眼，算了吧。后来重新写也有很多原因。经过十年的思考，终于想清楚了一些问题。读了很多的古书，没有白读。比如黄宗羲问过，国家都灭亡了，你还要做学问干什么？他的回答是，虽然国家亡了，但是三百年以后还会有圣人出现，他还要提供自己的智慧，可以等待后来的人发掘。这是他当时对自己的写作，给出的一个答案。我也一样，不需要在

① 格非，清华大学中文系教授，作家。1986 年发表处女作《追忆乌攸先生》，1987 年发表成名作《迷舟》，从此以“叙述空缺”而闻名于“先锋作家”之中。而 1988 年发表的中篇小说《褐色鸟群》更是曾被视为当代中国最玄奥的一篇小说，是人们谈论先锋文学时必提的作品。2015 年以其“江南三部曲”获第九届茅盾文学奖。

乎一些东西——名声有多大，是不是适合这个时代，都没有关系。假如提供了一流文本，对未来的影响谁都不能抹杀。

——格非

窦文涛：他怎么回答？

冯唐：他当时沉默了很久，说我现在反而是回归到阅读和写作的简单乐趣了，很有可能你写过几年之后，也会发现原始的那种写作动力慢慢地在减少，就像人憋了一泡尿，死活想去洗手间，真正撒了几分钟后，会觉得压力减少了好多。

窦文涛：这时候就可以慢慢尿一泡，静心享受一下尿尿的乐趣。

冯唐：比如看看小便池上那个广告，哈哈哈。

窦文涛：大家在一块儿聊什么其实是个很重要的事儿，我想请教一下文道，当年法国巴黎那种艺术家的圈子，文采风流，很多都是画家在一起组织的沙龙，他们在一块儿聊什么呢？

梁文道：会谈艺术，也会谈文学。

窦文涛：甚至会争会打起来，是吧？

梁文道：所以老吵架嘛。巴黎沙龙文化最盛的时代，除了启蒙时代、大革命时期之外，差不多就是十九二十世纪那段时间，一天到晚各种各样的沙龙聚会。毕加索在20世纪初去巴黎看到的是什么呢？天天对骂，天天吵架。比如弄一个超自然主义者宣言，刚出来联署了20个人，第二天就闹翻了，说我们是真超自然主义者，你们是假的，就这样。所以，艺术家在一起要想交朋友，还别真老在一块儿谈艺术。

“逸”是一种放松状态

窦文涛：这些事儿在今天的年轻人看来可能会觉得不可思议，中国的20世纪80年代也出现过这种情况，比如甘阳[①]这些人在一起就脸红脖子粗地吵，谈海德格尔谈萨特，谈中国发展该向何处去。

梁文道：这个东西跟我们刚才讲的赏花那种闲情式的聚会又不一样，这种是非常知识分子化的、文人化的聚会。赏花是一种特殊状态，我们既不是很认真地要谈个什么艺术的东西，也不是那种要办事儿的实用主义，而是别的东西。

窦文涛：我认为今天很多人，哪怕他很有知识很懂艺术，但他缺少一种“逸”的状态，飘逸的逸，他放松不下来。

冯唐：其实有两类状态都缺，一类是对大自然、对人世间美好东西的欣赏，比如大家在一起写首诗或弹个曲子，看看花，看看流水，有时候瀑布就在你身边，然后喝喝茶，不见得说太多话，就是坐一坐，问问你好我好，最近怎么样，稍稍开一两句玩笑就

① 甘阳，当代中国思想界有争议的学者之一，他20世纪80年代后期发表的《自由的理念：“五四”传统之阙失面》被公认为中国自由主义的开山之作，90年代中期发表的《自由主义：贵族的还是平民的？》则被看成是中国新左派的代表作，2002年的《政治哲人施特劳斯》更被看成是中国保守主义的理论奠基。

过去了。我觉得这种状态非常好，不谈任何事儿，不看手机。另一类也缺，就是那种争一争、骂一骂，就一两个议题大家敞开了说，碰撞交流，有一种智识上的满足和开心的聚会。这种状态跟生意、跟钱、跟功利毫无关系。

窦文涛：没错，而且有助于你的思想进步。我想起阿城老师给我讲《论语》，他讲得特有意思，说我们老以为孔子是一个忧国忧民的思想家，其实《论语》里最有名的一段是孔子问他的几个学生你们喜欢干吗，有人说我喜欢做一个礼官，有人说我喜欢治国，最后一个人讲“冠者五六人，童子六七人，浴乎沂，风乎舞雩，咏而归”，就是到大自然中去飘逸、去洗澡，最后唱着歌回家，而孔子最欣赏的是这种理想。阿城就说，其实孔子所说的人的觉醒，指一个儒者他的内心是自由的。

> 子路、曾皙、冉有、公西华侍坐。
>
> 子曰：“以吾一日长乎尔，毋吾以也。居则曰：‘不吾知也！’如或知尔，则何以哉？”
>
> 子路率尔而对曰：“千乘之国，摄乎大国之间，加之以师旅，因之以饥馑，由也为之，比及三年，可使有勇，且知方也。”
>
> 夫子哂之。
>
> “求，尔何如？”
>
> 对曰：“方六七十，如五六十，求也为之，比及三年，可使足民。如其礼乐，以俟君子。”
>
> “赤，尔何如？”

对曰："非曰能之，愿学焉。宗庙之事，如会同，端章甫，愿为小相焉。"

"点，尔何如？"

鼓瑟希，铿尔，舍瑟而作。对曰："异乎三子者之撰。"

子曰："何伤乎？亦各言其志也！"

曰："莫春者，春服既成，冠者五六人，童子六七人，浴乎沂，风乎舞雩，咏而归。"

夫子喟然叹曰："吾与点也。"

三子者出，曾皙后。曾皙曰："夫三子者之言何如？"

子曰："亦各言其志也已矣。"

曰："夫子何哂由也？"

曰："为国以礼，其言不让，是故哂之。"

"唯求则非邦也与？""安见方六七十、如五六十而非邦也者""唯赤则非邦也与？""宗庙、会同，非诸侯而何？赤也为之小，孰能为之大？"

——《论语·先进》

花也是政治

梁文道：我觉得日本人赏樱花其实是有仪式感的，高级文人跟一般大众不一样，有点像我们清明或者中秋赏月一样。他们每到赏花季，老百姓就坐在树下铺个席子，然后在地上吃喝玩乐闹，甚至还唱卡拉OK，跟满树樱花其实挺不搭的，从风雅角度看会觉得煞风景。但在这之外还有另一种玩法，就是很风雅的茶会。

冯唐：茶席。

梁文道：对，摆茶席。像以前最有名就是丰臣秀吉[①]在北野天满宫摆那种五千人茶席，当时看的是梅花。但历史上认为那种看法很庸俗，因为人太多太闹，理想的赏花茶席是十来个人，而且拿把扇子，得写诗吟咏一番。过去中国人赏花也是这样，不谈生意也不谈艺术，就是一种纯粹的超然物外，没有任何目的地游赏。我觉得现在日本赏樱花已经赏出一种政治性的东西了。

窦文涛：怎么说？

梁文道：比如今天很多人一谈起日本跟樱花的关系，马上就想到生命、死亡、武士道等。武士道最喜欢谈樱花，樱花那么早就落下来，全死去。当年他们号召"神风特攻队"的时候，每个人都讲樱花，要你们像樱花一般，在生命最灿烂的时候，"啪"一下落下去，然后滋养伟大的"皇国神土"。樱花在日本变成一个很军国主义的象征，被赋予了政治含义。

---

① 丰臣秀吉（1536—1598），日本战国时代、安土桃山时代大名，封建领主，继室町幕府之后，首次统一日本的日本战国三英杰之一。他是1590年至1598年间日本的实际统治者，在位时实行的刀狩令、太阁检地等政策具有划时代意义，对日本社会由中世纪封建社会向近代封建社会转化有一定贡献。

在春天樱花盛开的时候，日本民众都喜欢带上亲属，邀上友人，携酒带肴在樱花树下席地而坐，一边赏花，一边吃喝玩乐闹，甚至还唱卡拉 OK。

北野茶会是丰臣秀吉与千利休合作的最高峰，也是茶道史上仅见的大场面。1587 年，丰臣秀吉发布文告举行大茶会。文告一出，应者云集，在茶会当天，茶席达到 800 之多。北野大茶会是空前的茶道盛典，可以看出当时茶风的昌盛，而这次盛会对茶道普及的推动作用也是毋庸置疑的。

神风特别攻击队是第二次世界大战末期，日本为了抵御美国军队强大的优势，挽救其战败的局面，利用日本人的武士道精神，按照“一人、一机、一弹换一舰”的要求，对美国舰艇编队、登陆部队及固定的集群目标实施自杀式袭击的特别攻击队。

梁文道：所以都把花跟政治越搞越紧密，整个花的意义全变了。

> 武士道，如同它的象征樱花一样，是日本土地上固有的花朵。
>
> ——［日］新渡户稻造《武士道》

近代日本著作家及评论家在向西方介绍日本的“情义”时，往往对“情义”的内容有所选择和加工，最后称之为“武士道”或“武士之道”。有理由说，正是这种介绍引起了人们的误解。武士道这一正式名称是近代才有的，它不像“迫于情义”“完全出于情义”“为情义而竭尽全力”等格言那样蕴含深厚的民族感情，也不像“情义”的具体内容那样复杂多样。它是评论家们灵感的杰作。由于武士道与国家主义、军国主义千丝万缕的联系，而现在军国主义领导人都已名誉扫地，于是人们对武士道的内涵也产生了疑虑。当然，这不是说日本人今后就不再“懂情义”了。而是对西方人来说理解“情义”的真正内涵比以前显得更加重要了。把武士道和武士阶级等同起来也是造成误解的原因之一。“情义”是所有阶级都必须遵从的道德规范。在日本，与其他的义务一样，身份越高，所承担的“情义”就越重。比如，日本人认为对武士的“情义”就要比对平民的“情义”要求高。外国观察者则认为，似乎“情义”对普通百姓要求最高，

> 因为社会对他们的回报最少。在日本人看来，“回报”多少的关键在于自己在他那个圈子里是否受到尊敬。只要受到了充分的尊敬，那他得到的回报就是巨大的；否则的话，那些“不懂情义”“无情无义”的人只能得到同伴的藐视和厌恶。
>
> ——[美]鲁思·本尼迪克特《菊与刀》

冯唐：其实花就是花嘛，女人就是女人，不用想得很复杂。最开始赏花的意味就像《论语》里说的，几个人到风里去，到花香里去，体会一下比我们人类短暂的生命而已。

地气就是乌烟瘴气?

窦文涛：我觉得是不是因为咱们现在生活忒挤了，闲情逸致太少了，老觉得钱挣得不够，对未来充满危机感，想着挣够了钱逃跑，所以就不会有这种赏花的意识。老想着什么时候我可以离开这一切，所以现在我得加紧挣钱。

梁文道：今天大部分职场里的人想的都是提早退休，他们把工作跟休闲分成人生的两个阶段，现在属于工作忙碌的阶段，所有的闲情逸致留给后半生，并且为了要让后半生闲的时间够长、闲得够好，我现在得特别忙。但是终于有一天能够去休闲了，很多人就得抑郁症了，有一天他提早退休，发现自己已经不懂得怎么闲了。

冯唐：那时候他看花也坐不住，还是看手机吧。

梁文道：或者回头一想，这花能不能拿来搞个什么项目？

冯唐：然后一看手机，发现没有一百个邮件，好失落。

窦文涛：所以陶渊明就讲“误落尘网中，一去三十年”，终于归隐田园的时候，“舟遥遥以轻飏，风飘飘而吹衣”，心情欢欣鼓舞，我要回家了，总算离开那个乌烟瘴气的官场了。咱们现在特别爱说什么接地气，你要挣钱就得接地气，可老实讲这个地气很多时候就是乌烟瘴气。像日本人，他也很辛劳地工作、劳作，但你好像会觉得他比较干干净净的，秩序也比较好，城市很漂亮，咱们反倒做不到这样。

> 少无适俗韵，性本爱丘山。误落尘网中，一去三十年。
> 羁鸟恋旧林，池鱼思故渊。开荒南野际，守拙归园田。
> 方宅十余亩，草屋八九间。榆柳荫后檐，桃李罗堂前。
> 暧暧远人村，依依墟里烟。狗吠深巷中，鸡鸣桑树巅。
> 户庭无尘杂，虚室有余闲。久在樊笼里，复得返自然。
>
> ——陶渊明《归园田居》

梁文道：但他们经常过劳死啊。

冯唐：你太把工作和生活分开，就会出现刚才说的那种问题，实际上可能到最后两个都没得到。其实何必分那么仔细，有可能我就一直做到 70 岁，一边工作一边玩，玩里带工作，工作里带玩，保持一个合适的度，就可以一直这么过下去。

退休后，第一，睡觉。睡到阳光掀眼皮，枕头埋头，再睡半天儿。

第二，写书。过去码字和大小便一样，都要抓空档儿，不顾礼法，不理章法，脱了裤子，劈头就说。反复被别人提意见，节奏感太差，文字太挤，大小不分，一样浓稠。现在，有了便意就去蹲着，一边蹲着一边看王安石和古龙，等待，起性，感觉来了，只管自己，不管别人，只管肥沃大地，不管救赎灵魂。

第三，念书。高中的相好，女儿都那么大了，手是不能再摸了，高中念的《史记》和《西京杂记》，还可以再看吧。然后还用白白的纸，还用细细的水，还洗手，还拿吹风机把手吹得干燥而温暖。

第四，修门冷僻的学问。比如甲骨文，比如商周玉，比如禅师的性生活史。

第五，开个旧书店。刘白羽《红玛瑙集》的第一版和凯鲁亚克《在路上》的第一版一起卖，叶医生的明式家具图谱和 Jessica Rawson 的玉书一起卖。夏天要凉快，冬天要暖和。最好生个蜂窝煤炉子，炉子里烤红薯，上面烤包子，吃不了的，也卖。

第六，和老流氓们泡在一起。从下午三点到早上三点，从 2012 年到 2022 年，从 90 后到 2000 后，姑娘们像超市里的瓜果梨桃，每天都是新的，老流氓们慈祥地笑笑，皱纹泛起涟漪，连上洗手间的想法都没有。

第七，陪父母。老爸老妈忽然就七十多了，尽管我闭上眼睛，想起来的还是他们四五十岁时候的样子。我去买个录音笔，能录八小时的那种，放在我老妈面前，和老妈白嘴儿分喝两瓶红酒（心脏病青光眼之后，白酒就不劝她喝了），问她，什么是幸福啊？你相信来生吗？这辈子活着是为了什么啊？怂恿她，我姐又换相好了是不是脑子短路了？我哥每天都睡到中午一天一顿饭是不是都是你从小培养的啊？我爸最近常去街道组织的“棋牌乐”，总说赢钱，总说马上就被誉为垂杨柳西区赌神了，你信吗？我老妈眼睛会放出淡红色的光芒，嘴角泛起细碎的泡沫，一定能骂满一支录音笔，骂满两个红酒橡木桶，原文照发就是纳博科夫的《说吧，记忆》。文字上曾经崇拜过的王朔王小波周树人周作人，或者已经不是高山，或者很快不是高山，但是司马迁还是高山，我老妈还是高山，高山仰止。老爸如果没去“棋牌乐”，这时候饭菜该做好了，干炸带鱼的味道闪过厨房门缝，暖暖地弥漫整个屋子。

——冯唐《活着活着就老了·在三十岁遥想四十岁退休》

挣钱是有道理的

窦文涛：这个人生的艰难你是很难想象的，我从我自己就能想到中国无数的劳苦大众，所以讲什么闲情逸致啊、看花赏月啊，忒奢侈了。即便是个中产阶级在中国，你发现这个人铁了心就想挣钱，甚至觉得这人怎么唯利是图，可是你不知道也许他们家老人卧病在床，一年可能需要非常高昂的医疗费。也许他有几个家庭需要供养，或者碰上某些难事了，而这类难事在中国这个社会太多了。前一阵出了件事儿，江苏邳州的一个老妇被扔到荒郊野外等死，当时所有人都在骂这家儿女是一窝子畜生。骂得对，完全可以理解。可我有时候会想到一些情况，比如城市里还好，如果家里老人出了什么事儿，儿女当然要负起责任来照顾，可是在农村老人要这样病了，每天给你一碗粥吃就算不错了，因为家里的孩子都出去打工了，怎么照顾得着你啊？最后这个老人在医院住不下去了，一身褥疮，躺床上等死，这时候你才知道挣的那点钱根本不够看病，医疗费像个血盆大口一样吞噬你。咱们过去有一个贫困线以下的概念。我们讲一个人达到某种生活层次，可以把生活当娱乐，把爱好跟工作结合在一起，那都是在这个水平线以上才能做到。可是很多时候我们的生存处境还过不了这个水平线。

冯唐: 温饱问题解决不了，谈别的都很奢侈。过了温饱线的人，才涉及怎么看待自己的欲望、怎么安排自己的时间等问题。处于某种疾病状态，又涉及你怎么看待自己的生命，以及社会也好周围人也好，应该给你提供什么样的医疗保障等问题。这又产生了一大堆争论，比如，医疗面前是不是应该人人平等？

窦文涛：有些老人爱讲咱实在不行就拔管子，可实际上多数人都不会这么选择，只要还有能力，哪怕是植物人，也能拖多久拖多久。我那天看报道，湖南一所民办养老院发生杀人事件，里头连护工都是60多岁的，欠了半年工资没发，实在办不下去，最后这个老头子护工拿着一块板砖挨屋去拍，因为他平时跟这些老人聊天的时候，许多人都表示不想活了，他说既然不想活就别活了，十几个老人至少拍死了八九个。

梁文道：这就是冯唐讲的医疗伦理的问题。哲学系也经常讨论这种事儿，假如病房来了一个儿童，六七岁，得了病，不治就得死；然后还有一个老人，七八十岁，不治也得死，在医疗资源有限的情况下，你先治谁，这是一个很现实的问题。当然这完全是假想，但是把它上升到整个社会，其实这是现实情况，就是医疗资源应该往哪里集中。

冯唐：还有一个更现实的问题，比如你救这个小孩的命，可能要花300万，但这300万如果用在三万名儿童身上，有可能让他们总体的寿命延长十年，那你怎么选？医疗这个领域的很多问题，不是那么好说……

窦文涛：为什么说中国人没有闲情逸致，挣钱挣疯了都觉得不够？哪怕是中产阶级、收入较高的人，假如家里出了个植物人老人，其实大多数人感情上都不会给他拔管子，法律上也不行，可是维护这个植物人你一个月挣多少钱也不够，你还有家庭，还有孩子，还有自己的日子要过呢。那点医疗费的报销是很有限的，而

且越到最后抢救生命的时候用的药越贵，贵药是不在我们报销范围内的，那你说怎么办？作为孩子，他能不挣钱吗？或者说挣多少才够呢？

冯唐：所以挣钱是有道理的，我听明白了。

从另一方面讲，钱是好东西，钱是一种力量，使用好了，你可以变得了不起。

比如培育冷僻的声音。在世界各地挑选一百个民风非主流、生活丰富的地方，每个地方租个房子，提供三餐、网络和一张床。每年找十个诗人、十个写小说的、十个画画的、十个搞照片的、十个设计房子的、十个作曲的、十个唱歌的、十个跳舞的、十个和尚、十个思考时间空间道德律的。不找太畅销的，不找成名太久的，不找有社会主流职务的。这一百个人在这一百个房子里生活一年，没有任何产量的要求，可以思考、创造、读书、自摸，做任何当地法律不禁止的事儿，也可以什么都不做。

比如延续美好的手艺。在世界最古老的十个大城市，选当地最有传统美丽的位置，开一家小酒店，十张桌子，十间客房。不计成本和时间，找最好的当地厨师，用最好的当地原料，上最好的当地酒，恢复当地历史上曾经有过的最美好的味道、最难忘的醉。盖标准最严格的当地建筑，用最好的当地家具，配最好的当地织物，恢复当地历史上曾经有过的最美好的夜晚、最难忘的梦。如果在北京开，家具要比万历，香炉要比宣德，瓷器要比雍正，丝织要比乾隆。

比如促进渺茫的科学。对于病毒的理解还是如此原始，普通的感冒还是可以一片一片杀死群聚的人类。植物神经、激素和大脑皮层到底如何相互作用？鸦片和枪和玫瑰和性高潮到底如何相通？千万年积累的石油和煤和铀用完了之后，靠什么生火做饭？中医里无数骗子，无数人谩骂中医，但是中国人为什么能如此旺盛地繁衍存活？需要用西方科学的大样本随机双盲实验，先看看中医到底有没有用，再看看到底怎么有了用。

比如推动遥远的民主。在最穷最偏远的两百个县城中，给一所最好的中学盖个新图书馆，建个免费网吧。在图书馆和网吧的立面上贴上你的名字，再过几年，你就和肯德基大叔一样出名了。召集顶尖的一百个学者花二十年重修《资治通鉴》，向前延伸到夏商，向后拓展到公元2000年。再过几百年，你就和吕不韦、刘义庆、司马光一样不朽了。

——冯唐《三十六大·大钱》

现代社会人的异化

梁文道：其实美国这种问题也很严重。

冯唐：美国的解决是在某种程度上以公平性牺牲效率性，美国GDP的15%以上花在医疗上。美国的GDP原来是中国两倍，现在可能不到两倍了，中国GDP花在医疗上不到6%。在美国如果人得了急症，就算很穷，医院也是不能推他走的，该怎么治还得怎么治，给你窦文涛怎么治，给他李文涛也得这么治，但美国的医疗不见得是最好的制度。

窦文涛：邳州那个老人，当地的官方就讲，第一，不是我们本地人，属于越境遗弃；第二，你骂他家里人，他还未必一定是孩子扔的，有可能是养老院之类的机构遗弃到荒郊野外的。

梁文道：你们讲挣钱有道理，我又想回头讲工作和休闲的关系。我忽然想起马克思谈的阶级问题和劳苦大众的概念。我们中国人自古以来就知道种地不容易，粒粒皆辛苦，但是从来没有劳苦大众这种概念。欧洲也一样，别的国家也一样，为什么呢？有些学者说它是资本主义的产物，以前大家工作苦则苦矣，但那个苦跟活在资本主义制度下的苦不太一样。比如以前的中古时代，中国也好欧美也好，基本都没有所谓放假的观念。你想象一下，两三百年以前，中国人礼拜六、礼拜天放假休息两日吗？没这回事儿，你该干活还干活。以前的普通人没得假放，也不比现在累，原因是当时整个的工作是跟休闲杂糅在一起的。

冯唐：而且跟天时跟大自然连在一起。

梁文道：对，比如整个冬天都不种地。

窦文涛：陶渊明的乐趣本质上就是农民的乐趣。

冯唐：而且他就算在工作，也不是天天看公文、看 e-mail 的状态。

梁文道：对。反而只有公务员才放假。汉朝的时候，公务员是工作五天休一天，老百姓没这个。所以，公务员过的那不叫人过的日子。

冯唐：有些公务员最开心的是父母死了，一休三年。

梁文道：古人的工作和休闲是糅合到一起的。我看欧洲以前的那些记录写一些老百姓，商人也好面包师傅也好，其实工作时间不算短，很早就要起来做工，但他做的时候觉得挺舒服，感觉不像是在忙什么东西，而且他还有宗教信仰，比如烤出的每一块面包都是在歌颂上帝；然后平常大家走路也慢说话也慢，没那么忙，整个的工作状态跟现在不一样。他们那个年代不会考虑闲，闲是什么人在想的呢？就是当你的工作本身已经发展到过度负重，压力太大的时候你才开始想闲。

冯唐：以前中国人讲闲的是什么人呢？士大夫阶层。

窦文涛：其实要按那个时候的人性来说，现代的人都是精神病、精神分裂症，因为资本主义这种方式要求你在短期内集中干一个动作。马克思后来讲人的异化，就是人变成了一个工具，比如富士康跳楼那些事，他在这个体系里已经不是人了，是非人。

冯唐：机器的一部分。

窦文涛：比如咱现在电视台特爱讲专业激情主义，狗仔队也有他们的专业激情主义——

冯唐：他们一定要拍到你的露点照。

窦文涛：没错。再发展一步，例如造原子弹的科学家，他的理想是造出爆炸力最强的原子弹，这是我的专业成功、我的自我实现，但是这时候他就变成了一个工具，他会想到这玩意儿要是扔广岛会炸死多少人吗？

冯唐：我还记得鲁迅说过一句话，我年轻时还抄在笔记本上激励自己，叫什么“执着如怨鬼”。

窦文涛：够狠，这句话。

> 仰慕往古的，回往古去罢！想出世的，快出世罢！想上天的，快上天罢！灵魂要离开肉体的，赶快离开罢！现在的地上，应该是执着现在，执着地上的人们居住的。
>
> 但厌恶现世的人们还住着。这都是现世的仇仇，他们一日存在，现世即一日不能得救。
>
> 先前，也曾有些愿意活在现世而不得的人们，沉默过了，呻吟过了，叹息过了，哭泣过了，哀求过了，但仍然愿意活在现世而不得，因为他们忘却了愤怒。
>
> 勇者愤怒，抽刃向更强者；怯者愤怒，却抽刃向更弱者。 不可救药的民族中，一定有许多英雄，专向孩子们瞪眼。这些孱头们！
>
> 孩子们在瞪眼中长大了，又向别的孩子们瞪眼，并且想：他们一生都过在愤怒中。因为愤怒只是如此，所以他们要愤怒一生，——而且还要愤怒二世，三世，四世，以至末世。
>
> 无论爱什么，——饭，异性，国，民族，人类等等，——

只有纠缠如毒蛇，执着如怨鬼，二六时中，没有已时者有望。但太觉疲劳时，也无妨休息一会罢；但休息之后，就再来一回罢，而且两回，三回……。血书，章程，请愿，讲学，哭，电报，开会，挽联，演说，神经衰弱，则一切无用。

血书所能挣来的是什么？不过就是你的一张血书，况且并不好看。至于神经衰弱，其实倒是自己生了病，你不要再当作宝贝了，我的可敬爱而讨厌的朋友呀！

——鲁迅《华盖集·杂感》

冯唐：很多东西过去你遵循，然后照着去做，最后这些东西把你带到了今天的境地，但是今天再去看，过去那些不见得是对的。

尊老是中国文明特色

窦文涛：说到老人被遗弃，我想到日本一部电影《楢山节考》，还有敦煌的壁画。壁画里有一类题材叫老人入墓，实际上要按照今天的观念也叫遗弃，就是老人快死了，然后全家人背上点生活用品，把他送到活人墓——

梁文道：等死。

窦文涛：可是那个场景看着又好像很安慰，因为全家人在那儿跪着给他磕头、诀别，生活用品也放在那儿。后来我查了一下，当时的儒家比较反对这个东西，这种做法是受到印度佛教的影响。遗弃一个老人，咱现在觉得太凄惨了，可是从宗教角度来说，他觉得他是在快死的时候找一个修行的洞穴，然后念佛往生，自己慢慢地坐化、圆寂，并不是坏事，但实际上就是等死。

梁文道：这恰恰说明中国文明一个很特别的地方，我们是非常早地进入了农业时代。在人类还没有开始农耕，还处在游猎采集时代的时候，遗弃老人是非常必要的一件事儿。你整个部族到处采野果，到处打猎，冬天下雪要搬去另外一个地方，随时要移动，你是绝不能让任何一个人拖累整个族群的移动步伐，要不然大家一起完蛋。所以，遗弃老人在人类历史上是很古老、很常见的行为，今天挖很多古代的人类骸骨都可以看到，人年纪一大，或者受伤了，走不动了，孩子生下来不健康，怎么办呢？扔掉，因为带着就是负累。但是进入农业社会之后就变了，在农业社会老人有特殊价值，老人代表经验和智慧，代表书本、电脑、万维网，他储存了不少知识和技能，所以才开始尊老。而越尊老的社会，恰恰说明它很早进入了农业时代，而且对知识的积累特别重视，这是中国文明的特色。

窦文涛：现在又产生了几千年未有之变局，老人得向年轻人学习苹果手机怎么用，要不就会被抛弃。我觉得冯唐说的那个问题特沉重，就是说要不要用 80% 的钱去维持 20% 老人的生命，而且仅仅是推迟他的死亡时间。如果是你的父母，你会怎么选？我问过医生，医生说大部分中国家庭其实只要有能力，都要熬到

《楢山节考》是日本导演今村昌平的一部悲情电影，描写在日本信州深山中的一个贫穷小村子，由于贫困而沿袭下来了一种抛弃老人的传统——就是所有活到 70 岁的老人，不管是否依旧身体硬朗，只要到这个年纪就要被家人背到楢山上丢弃，以节省粮食的支出。69 岁的老人阿玲婆被长子背上了白骨成堆的楢山，天上下起了大雪，阿玲婆在山上默默地等待着死亡。

敦煌壁画《老人入墓图》反映了唐朝时期敦煌地区人民的佛教思想。这不是为去世的人举行葬礼，而是一位感到死期将至的老人来到坟墓前与亲人诀别，然后独自进入墓室与外界断绝往来直至去世。墓室里面装修成了佛堂的样子，老人希望自己可以在生命的最后时刻诵经念佛，在安心修持中离开今生。

最后一天。这么一来，拖垮一个家庭的情况太常见了。

冯唐：这是我们这一两代人更要面对的现实，科学进步太快，想多维持一个人的生命一二十年，可能不是太难的事儿，将来这个成本怎么算？

窦文涛：你认同安乐死吗？

冯唐：我只能说我认同对自己的安乐死，对别人我没法说。这个议题在美国也是不能碰的，提都不能提。

窦文涛：为什么？

冯唐：只要你提，就会有人赞成，有人反对，反正你要丢选票。

梁文道：美国虽然是基督教化的一个国家，但这种事儿我觉得很快也必须提了，因为整个社会越来越高龄化，所谓年轻人口在发达国家不断减少……

跑步

跑步有一段很好的独处的时间，这对于我现在的状态特别难得。把手机放下，完全放开、清空一切事物，自己一个人跟自己的身体在一起……

窦文涛：我觉得人 40 岁以后吧，要为自己的相貌负责任，很明显感觉到冯老师肤色比上次见的时候更像美国人了，橄榄色了哇，而且比上次更帅，据说是得益于跑步。我有时候听说身边越来越多的朋友都去跑步了，就觉得有点尴尬——我太懒了。冯唐现在是跑步爱好者，你脚上这双鞋很时尚，是专门的跑鞋吗？

冯唐：就是跑步鞋，好处是前脚掌着地。

孟广美：但是不适合走路吧？

冯唐：走路也还好，至少可以感受到地面。你想一二百年前，哪儿有那么多厚底的鞋，多数都是草鞋、布鞋啊。

基因决定很多事情

窦文涛：不要再说中国人不能跑了，之前还老拿人种说事儿，最近咱们的苏炳添[1]以 9 秒 99 的成绩，成了第一个跑进 10 秒的

① 苏炳添，中国男子田径队短跑运动员。2015 年 5 月 31 日，在国际田联钻石联赛美国尤金站决赛中以 9 秒 99 的成绩获得季军，这个成绩打破了张培萌保持的 10 秒 00 的全国纪录。苏炳添成为在正常风速下，真正意义上第一位跑进 10 秒的亚洲本土选手。

黄种人。

冯唐：白种人好像也没有吧？

窦文涛：有一个，现在世界上跑进10秒的，竟然基本都是黑人，只有一个是法国的，叫莱梅特里，是个白人，然后就是苏炳添。

冯唐：这里头有个肌肉生理问题。人的肌肉实际上是不一样的，肌肉分白肌跟红肌，白肌、红肌的比例不一样。黄种人和白种人相对来说爆发力没有黑人强，是因为红肌偏多，白肌偏少。白肌能够在短时间内爆发，节奏特别快，能够瞬间产生巨大能量，而红肌能够耐久，比较适合长跑。

窦文涛：白肌也叫快肌纤维，有爆发力，能够在短时间内提供能量，所以就跑得快。这些个跑进10秒的黑人，主要是西非的。像东非的肯尼亚，跑马拉松很厉害，那儿的人可能红肌多，而白肌多的是西非和中非。他们说是美国、加拿大的黑人，包括牙买加的博尔特[①]，都要追溯到当年从西非贩卖的黑人奴隶，具体说叫尼格罗人[②]特有的体质。

孟广美：所以真的后天训练不成？

冯唐：基因决定很多事情。

---

① 尤塞恩·博尔特，生于牙买加特里洛尼，奥运会冠军，男子100米、200米世界纪录保持者。历史上第一位奥运会、世锦赛双冠王，奥运会历史上首位连续两届卫冕100米和200米冠军的选手。2013年，博尔特世锦赛的金牌总数达到八枚，追平美国名将卡尔·刘易斯和迈克尔·约翰逊共同保持的纪录。刘翔对他的评价是："我不知道他到底能跑多快，感觉他不是地球人，像是天外来客。"

② 尼格罗人（Negroes），世界三大人种之一，泛指世界各地的黑人。也特指分布在非洲大陆撒哈拉以南的黑人居民。

窦文涛： 我考证了一下，黑人血液中的睾丸激素比白种人和黄种人高出 3% ~ 19%。

冯唐： 雄性激素高一点。

窦文涛： 睾丸激素等于天然的兴奋剂啊。而且黑人的骨头更硬，据说博尔特的足弓就像一个弓，一跺地，它弹跳起来的力量比我们大几倍。

冯唐： 跟弹簧一样。

窦文涛： 有医生前几年说，博尔特如果要再提高速度的话，他的跟腱会断裂，或者脚骨会出事，因为不可能承受再大的冲击了。但是博尔特到今天也毫发无伤，跑得越来越快。但是你看刘翔，超强度的训练带来的就是跟腱损伤。在欧洲有一派知识分子叫欧洲左派，他们就非常反对讲人种优越这种观点，可问题在于，这玩意儿好像是一个你没法不注意到的事实。

冯唐： 你说的这些东西听上去有很强的科学依据呀。

窦文涛： 是有生理学的依据。

冯唐： 就像兔子跟乌龟赛跑，那还是有差距的。

清醒时思考，郁闷时跑步

窦文涛： 我发现台湾人路跑很疯狂，甚至现在已经到了要规定路线（的程度），否则就影响了城市的正常生活。尤其是台北，喜欢路跑的人简直疯魔了。

中国台湾的路跑风气日盛，据说，台湾地区马拉松报名费是全球第二便宜，赠品却是全球最好的，只要缴交 300 至 900 新台币的报名费用，即可获得近千元的运动 T 恤衫，同时还加上沿路所供应的补给品。

| 台北马拉松现场 |

孟广美：据说一跑之后就成瘾了。

冯唐：其实跑步是最合法、最健康的，给你类似于毒品体验的一种运动。当然我没有毒品体验啊，但是从化学物质（的角度）来讲，在长跑的过程中会分泌出跟毒品类似的化学物质，也就是强啡肽、多巴胺这类东西。

窦文涛：就是像脑内鸦片什么的。

孟广美：你说这个东西的分泌是在运动状态里面，还是专指跑步状态？

冯唐：我不确定，但是跑完步之后，一定会给你奖赏，你会觉得很 high 很开心。很多人为什么会跑步上瘾，就是说他觉得自己不开心了，然后去跑步，跑完了之后很开心，然后一阵子不跑，又不开心了。我是 5 月才开始认真训练的，因为 7 月要跑生平第一个马拉松，争取能跑下来。陈盆滨[①]要创世界纪录，一百个马拉松要在一百天之内跑完，连续跑，从广州一直跑到北京，我跟着跑倒数第二站。

窦文涛：现在微信朋友圈里都在弄鸡汤，叫什么“清醒时思考，郁闷时跑步”。跑步还真是一个挺专业的事儿，现在的跑步发烧友，我发现都跟特种兵似的，一套家什。我有个爱跑步的朋友，围着北京四环能跑一圈。

冯唐：那比马拉松还长吧。

窦文涛：不知道，反正他能跑一圈。后来我说这汽车尾气你

---

① 陈盆滨，耐力跑著名运动员，知名极限马拉松运动员，完成七大洲极限马拉松世界第一人。登上美国《户外》杂志封面的第一个中国人。首个参加并完成撒哈拉沙漠地狱马拉松赛的中国人。巴西亚马孙 254 公里丛林马拉松赛世界亚军。

呼吸得不错，哈哈哈。爱跑步的人有瘾，我们去温哥华拍片子的时候，有一个 50 多岁的导游，拍完片子把衣服一脱，把器材往边上一放，说你们回吧，我跑回去，离住的地方十几公里。后来我才知道，这个导游是著名的铁人三项选手，没事儿就跑一跑马拉松。但是为什么在中国你不能跑，说实在话是完全没有要跑的欲望，你到了温哥华自然就想跑步，那个空气，那个森林，到那儿人就 high 了。

我四十岁之后的某一天，忽然遇上一个很帅的瘦子，我叫不出他的名字。他说，我是阿信啊，我们曾经同事。我使劲想，你原来不是个龌龊的胖子吗？他说，我跑了很多马拉松，然后我每次过海关都要解释，护照照片里的胖子其实就是我。后来莫名其妙反复见到阿信，他每次都说马拉松，我实在烦了，定下一条原则，每次只给他十分钟说长跑这件事儿。阿信每次被硬性阻止的时候，眼神儿迷离，不知道眼睛该往哪儿放，不知道舌头该往哪儿去，我觉得他入了跑步教。总结他多个十分钟说的东西，如下：

第一，慢速长跑能让人快乐，效果类似吸食毒品，而且丝毫不涉及违法乱纪。每次跑到不想再跑一步，心里的潜意识都告诉自己，跑到终点，等着你的是比毒品更柔美、更嚣张、更安全的愉悦。

第二，慢速长跑能让你独处，效果类似参加静修。你跑了一阵之后，你就不想说话了，天高地迥，你就想放下心里的一切，一步一步活着到终点。

第三，慢速长跑是人类最大的优势之一。人是自然界最能慢速长跑的动物，原始人就是靠慢速长跑，捕获了一个又一个大猎物。人类在创造蒸汽机和互联网之前，就是靠慢速长跑、辨认足迹、集体协作和偷喝果子酒，算计了一个又一个猛兽。

——冯唐

人腿战胜科技

冯唐：北京有时候也不得不跑，5 月 20 日那天，520 嘛，类似于情人节的意思，我吃完饭出来，发现完全打不着车，然后就生生从大山子走回了广渠门垂杨柳，连走带跑，没办法。后来我觉得能够真正战胜 Uber 和滴滴打车的，到最后还是人腿和地铁。

窦文涛：跑步得买能量棒吧。

冯唐：如果跑 15 公里以下，问题不大，但要真跑全程马拉松，慢慢地你的血糖就跟不上了，差不多隔个三五公里就要补充水分、电解质，补充能量。能量棒很难吃的，我现在一直坚持没吃。

孟广美：里面都是粗粮吗？

冯唐：好像是纯蛋白质，加一点电解质，然后是那种液体状的，一挤就出来。因为你跟狗似的在大太阳下面跑了三个小时，这时候让你吃份牛排补充能量你是吃不下去的。

｜备战马拉松的冯唐｜

窦文涛：你怎么解决跑步当中的枯燥问题？精神上不枯燥吗？

冯唐：人是很贱的动物，如果一个东西很无聊，一个特别好的办法是把它变成比赛。你给它设个目标，它就会变得很有意思，比如马拉松，还有比这个更无聊的运动吗？在太阳底下跑四个多小时，古代有人跑完马拉松当场就死了，对不对？

窦文涛：送信的。

冯唐：这么难的一个事儿，为什么现在很多人还能做到，还津津有味地去跑？就刚才那两点：一定个目标，二把它变成比赛。

> 成绩也好，名次也好，外观也好，别人如何评论也好，都不过次要的问题。对于我这样的跑者，第一重要的是用双脚实实在在地跑过一个个终点，让自己无怨无悔：应当尽的力我都尽了，应当忍耐的我都忍耐了。从那些失败和喜悦之中，具体地——如何琐细都没关系——不断汲取教训。并且投入时间投入年月，逐一地累积这样的比赛，最终到达一个自己完全接受的境界，抑或无限相近的所在。嗯，这个表达恐怕更为贴切。
>
> 假如有我的墓志铭，而且上面的文字可以自己选择，我愿意它是这么写的：
>
> 村上春树
> 作家（兼跑者）
> 1949—20××

他至少是跑到了最后

此时此刻，这，便是我的愿望。

——[日]村上春树《当我谈跑步时我谈些什么》

窦文涛：我挺喜欢台湾人那种状态，他们老觉得台湾现在没有活力了，好像都挺颓，其实从某种角度看，他们那种养生文化我们很羡慕，比如吃的东西要没有农药，而且要运动。一个人常运动，脸上就显得精悍。我认识李大齐，造型师，长得跟刘德华似的，每天骑单车，你确实觉得他永远是特别好的状态，活力充沛，很兴奋，不像我们这种整天闷屋里看书的人，见面就面呈菜色，郁闷。

我第一个全马是在法国波尔多跑完的，喝完，跑完，领完奖牌和一瓶胜利酒，我坐在马路牙子上，慨叹生不如死。旁边一个小孩子拿着手机狂打电子游戏，偶尔斜眼看我，我听见他的心里话："你傻 × 啊。"

我忽然坦然，我心里想和他说的是，我忽然明白了，人生其实到处马拉松，特别是在最难、最美、最重要的一些事情上。

比如，职业生涯。我第一份工作是麦肯锡管理顾问，我工作了两年之后，第一次到了升项目经理的时候，没升上去。我导师安慰我说，职业生涯是个马拉松。我知道他和所有失败的人都这么说，但是我跑完了全马之后回想起他的话，我认为他是对的。很多时候，短暂的起伏并非人力所能控制，诚心正意，不紧不慢，做心底里认为该做的事情，是最正确的态度。

比如，和亲朋好友的关系。从我出生到今天，我老妈没有丝毫改变，下楼买袋洗衣粉都心怀一副成吉思汗去征服世界的心情、遛个弯儿都要穿出一只大鹦鹉的斑斓。我跑完全马之后，意识到，不必让她修到远离轮回，她愿意炫耀就去炫耀，我不能配合至少不要纠正，我陪她跑到生命尽头就是了。然后挥挥手，让她在另外的世界开好一瓶红酒等我，等我静静地看她在另外一个世界像一只大鹦鹉一样斑斓地装 ×。

比如，爱情。相遇不易，扑倒不易，珍惜不易，但是更难的是相遇之后、扑倒之后、不能珍惜之后，还是念念不忘，心里一直祝福。

人生苦短，想不开的时候，跑步，还想不开，再多跑些，十公里不够，半马，半马不够，全马。

——冯唐

跟自己的身体在一起

窦文涛：刚才谈到为什么黄种人百米短跑能跑进 10 秒，其实欧洲左派也没说错，当然有人种的问题，但是人的遗传基因也一直在改变。比如过去日本人比我们矮，现在日本人平均身高和我们不相上下。如果现在全民都爱跑步，我相信这个民族经过几代之后会慢慢发生变化。比如饮食习惯也在改变，或者说雾霾治理好了，空气好了，慢慢地人种就潜移默化地变了。我相信将来会有越来越多的黄种人跑进 10 秒。

冯唐：完全同意。还有一个因素是你有没有发掘自己的潜能，这挺重要的。我觉得这个跑进 10 秒的小伙子，如果不努力训练自己，有可能他也就是跑得比一般人快一点，根本意识不到自己真的有可能创造黄种人的历史。就像我自己，在训练之前，我从来没认为自己能跑过 20 公里，其实也就训练了一个月，我现在跑半马都没觉得要撞墙，虽然跑得不快，所以说人是需要训练的。

窦文涛：你为什么选择跑步呢？按说有很多种运动，健身啊，骑单车啊，等等。

冯唐：给三个原因。第一个原因特别简单，扔双跑鞋在包里，在什么地方都可以跑，只要空气别太差；第二个是为了配合我 7 月份的全程马拉松，我有目的性，要跑第一个全程马拉松，然后觉得怎么着也得练练，要不然死在路上怎么办？第三个，跑步有一段很好的独处的时间，这对于我现在的状态特别难得。把手机放下，完全放开、清空一切事物，自己一个人跟自己的身体在一起，这个东西我觉得挺重要。

窦文涛：广美现在有没有一个完全清空的时间？

孟广美：我现在开始念经什么的，念经就给了自己跟自己对话的时间。我有很多朋友打坐，一坐一两个小时就过去了，自己都没感觉到，我觉得那是一种境界。跑步跑个十公里二十公里，可能也意识不到时间过去多久了。

随身的行李箱里永远放一双跑鞋、一条短裤、两件换洗的圆领衫，我继续原来的野路子，按照以下五个原则跑步：

第一，敢于开始。和写作一样，最难的是开始。开始是成功的一半，挤出一个小时，逼逼自己，放下手机，去风里跑跑，风会抱你。

第二，必须坚持。又和写作一样，不想再继续的时候，再坚持一下，在所有的情况下，会越来越轻松。听各路神仙说，如果想有任何效果，至少跑半个小时，最好一个小时。

第三，忘掉胜负。又和写作一样，本来就没有输赢，不和这个世界争，也不和别人争，更不要和自己争。争的结果可能是一时牛 ×，也可能是心脑血管意外，后者造成的持续影响大很多。

第四，享受成长。跑起来之后，很快发现，渐渐地，一千米不是问题了，渐渐地，三千米不是问题了，渐渐地，一万米不是问题了。身体很贱，给它足够时间适应，它就能干出很多让你想不到的事儿。又和写作一样，三年一本书，十几岁开始写起，四五十岁的时候，你就写完了十本书。

第五，没有终极。又和写作一样，涉及终极的事儿，听天，听命。让自己和身体尽人力，其他不必去想，多想无益，徒增烦恼。

——冯唐

“戒”意味着你不会再犹豫了

窦文涛：过去老子讲“闭目塞听”是有一定道理的，现在我们这个眼、耳、鼻、舌、身、意的口子全开着，我自己都有点全面崩溃的意思。好几个跟我同龄的人现在都去看眼科，我也发现近一年来自己眼花的程度急剧上升。现在看个稿子，都得离很远，医生讲看手机太多眼睛会花，而且每天看手机心里真是乱糟糟的，百爪挠心。我觉得现在我需要有目的、有意识地关闭这些东西。

孟广美：你做得到吗？

窦文涛：努力这样做呀，至少每天一个小时当成修行，什么都关掉，不理它，甚至别人给你提的意见，也不要去听。

冯唐：可以从两个小习惯开始，一个是吃饭的时候不看手机，特别是和别人在一块儿吃的时候，大家出来吃饭干吗还看手机啊？要是这样，不如自己回家吃饭就完了，对吧？第二是睡觉前不看手机，哪怕看书、背诗也不要看手机。我原来有一年基本上是看着手机睡觉的，那时候视力下降很厉害。后来一个中医跟我说，眼睛是人体很大的一个穴位，你整天开着这个眼睛，会往外冒气，丧失能量。我不太懂这个理论，但有时候确实眼睛要老开着，有可能心里会慌。

孟广美：我前段时间因为家里出了点事情，整天惶惶不可终日，在这种情况之下唯一可以让我忽然清空的，是打一款最低能的游戏，就是美国那种农场游戏，养猪、捕鱼、种菜，自己都觉得自己是在干傻事，但是在那个当下只有这样我才有办法稍微稳定下来，什么都不想。只要一拿开游戏，整个人又陷入恐慌当中，游戏像个解药一样。现在我的状态很开心，就觉得这个东西要戒掉，不能再玩了。

窦文涛：佛家讲一句话叫“五欲六尘”，就是人的五种感官都有欲望。你要天天看手机，会发现里边全是黄赌毒，每天那些新闻都在刺激你的欲望和本能，什么谁谁谁成功了，谁跟谁上床了……你每天看的都是些什么东西，所以说一定要戒。“以戒为师”这个道理我之前不明白，现在明白了。我有个体悟，戒意味着你不会再犹豫了，不再产生选择的困惑了，所以戒了之后就得了定，因定而发慧。比如我要戒荤腥，彻底吃素了，就不会每顿饭都焦虑吃肉还是吃素。再比如戒烟，彻底戒了，就不会发生选择的犹豫。

冯唐：那怎么戒呢？比如你怎么戒色？

窦文涛：我觉得靠恐惧，哈哈哈。“色”字头上一把刀啊，我不是说红颜祸水，我也不知道为什么历史上似乎有一个规律，凡是在色方面你要太舒服了，你就到顶了。

冯唐：他们说这个钱、权、色，你最多选两样，不能全选，全选的时候离死期差不多也就 12 个月到 18 个月啦。

（跑步）给我带来十个好处：

第一，欣快。肉体运动，肌腱伸缩，坚持一段时间，内啡肽和多巴胺分泌加强，不用药品不用酒精，自然欣快。

第二，甜睡。跑到量之后，身体持续微微热，倒头便睡，一觉天亮，做梦都梦到睡觉。

第三，能吃。跑完之后，洗个澡，真饿啊，上菜之前恨不得把筷子当成竹子吃了。等菜上来，狂吃，因为跑步已经耗掉了好几百大卡，心里毫无压力。

第四，能瘦。规律跑步之后，体重能抵抗年岁的压力。人过了四十，很多事儿逐渐看开，但是一觉醒来，发现腰身还能套进大学时代的牛仔裤，还有肉眼可及的髂骨和腹肌，还是会开心地笑出声来。

第五，去烦。与其一起撮饭，不如一起流汗。年纪大了之后，聚在一起常常不知道说些什么，尽管没去过南极，但是也见过了风雨，俗事已经懒得分析，不如一起一边慢跑，一边咒骂彼此生活中的奇葩人事。

第六，感受。航空业的确已经发达很久了，行万里路不再是牛 × 的标准之一，但是很多小时候走过的路我们还没重新走过，和读老书一样，再走一次，再跑一次，很多复杂的感受会超出语言表达的极限。另外，很多小时候没走过的路还是该走。尽管生长在北京，北京很多好玩的地方我还是没去过，所以找个晴天，跑十公里，去牛街吃羊杂。

第七，充电。长期写作一次次提醒我，不跑步不行了。一天写完五千字，如果不跑一小时，第二天完全写不出蹦蹦跳跳的段落和句子。四十岁之后的春节，我只做三项运动：写作、跑步、陪父母吃饭。

第八，放下。跑步能让脑子暂时停止思考，脑子的闪存清空，绝大多数的纠结抹平。如果还放不下，就再跑五公里。放下之后再拿起，心神中会多出很多新意。

第九，偶遇。我在跑步中遇上过黑莓、很多毛的狗、不知名的花、不知名的面目姣好的女子。

第十，独处。没有其他人、没有经常看手机的一个小时，胜却人间无数。

——冯唐

文人的嫉妒心跟女人一样强

窦文涛：谈完人体，咱再谈谈《三体》，刘慈欣的《三体》，广美还没看过吧？

孟广美：看了十几页。

窦文涛：到昨晚为止我看了六十几页，它要不得奖，我还真看不下去，得奖真的能让读者有点耐心。

冯唐：典型的中国人思考方式。

窦文涛：这本书我早就买了，因为太有名了嘛，但要是光看一两页，会觉得文字比较粗糙，不太好看，于是就不看了。这一得奖，我仔细看了超过五页之后，发现还真是引人入胜。都是作家，人家得到了雨果奖，冯老师可以谈一下你嫉妒的心情吗？

冯唐：其实我还真不嫉妒，我特别替他开心，因为刘慈欣我见过好几次，非常可爱的一个人。雨果奖之前，他还入围过星云奖，我觉得对中国文学特别是科幻类文学来说，是一个特别好的事情。你看我心地多么善良啊，呵呵。

窦文涛：你说话有点作协主席的水准了。科幻文学跟你们这个所谓纯文学还不算一个门类吧。

冯唐：按理说对文字要求可能没那么高，但是对于想象力，对于编故事的能力，对于吸引读者这些方面，要求会高一些。

窦文涛：都说文人相轻，有人说世界上只有两种人嫉妒心最强，一种是女人，一种是作家。

孟广美：我为什么没听过这种话？

窦文涛：这是名言啊，广美。冯老师可以跟我们聊聊作家圈的事，比如谁得了茅盾文学奖，别的作家心里会不舒服。

冯唐：实话讲，得奖肯定会给这个圈子里的其他人造成压力，因为你得了奖，我没得奖，但好玩的地方在于这些感觉又不好意思说出来。比如每回诺贝尔奖、茅盾文学奖、鲁迅文学奖出来之前，大家议论谁会得谁不会得，出来之后也是各种说法都有。特别是鲁迅文学奖，有些人会说，你的文学趣味一定要培养到对其中多数作品有厌恶感才行。还有人会说，得奖了真好，奠定了文学史上的地位等等。还有一类像我这样的，就是在朋友圈里点个赞，谁得了奖我点赞。

窦文涛：至少表现出来的心态还是比较健康的，是吧？看来我是小人之心度君子之腹了，我有时候经常假想，因为小时候也曾梦想当作家，最后没当成，就剩下嫉妒了，哈哈哈。比如要是百年都没人得的诺贝尔文学奖让冯唐得了，我不得不承认这个人性的阴暗，我心里会感到受挫折或者很不舒服。

冯唐：刘震云老师是这么说的，莫言得诺贝尔奖我感到很欣慰，如果他能得奖，中国至少有十个作家可以得奖。

窦文涛：这叫真性情！我比较钦佩王蒙老师，他在莫言得了诺贝尔奖的时候说出一番话，我真挺敬佩。他说我也写了一辈子小说，但我不得不承认，在某些方面莫言比我写得好。

想象力就是生产力

冯唐：说到科幻，咱也科幻一下，我觉得应该发明出一种机器，能够读人的心，读人脑子里的思想，而且只要你的嘴跟你的心不一样，就让你的嘴变歪。

窦文涛：我发现你对人性的估计比较黑暗啊。

冯唐：没有，我能看到人类无限的光明和黑暗。

窦文涛：就像《三体》里描述的那种黑暗，我就是打那儿来的啊，哈哈哈。我也是以小人之心度君子之腹看刘慈欣的，以前真没太注意他，他好像是山西娘子关一个发电厂的技术员，我看

刘慈欣，中国科幻小说代表作家之一。代表作有长篇小说《超新星纪元》《球状闪电》及《三体》三部曲等。《三体》三部曲被普遍认为是中国科幻文学的里程碑之作，将中国科幻推上了世界的高度。

刘慈欣凭借《三体》多次获奖，其中包含第73届雨果奖最佳长篇小说奖——这是亚洲人首次获得雨果奖，第六届全球华语科幻星云奖最高成就奖，并被授予特级华语科幻星云勋章，该等级勋章只有获得国际最高科幻奖项雨果奖和星云奖的作家有资格获取。

“文化大革命”如火如荼进行的同时，军方探寻外星文明的绝密计划“红岸工程”取得了突破性进展。但在按下发射键的那一刻，历经劫难的叶文洁希望让外星人来彻底改变人类。地球文明向宇宙发出的第一声啼鸣，改变了人类的命运。

到他得奖时说的一些话，虽然没跟这个人接触过，但直觉他是那种讷于言而敏于思的类型，表面说话会显得比较木讷，也不流露太多的眉飞色舞，但满脑子的奇思妙想太有趣了。

冯唐：肯定没有你能说，刘慈欣我见过几次，比你文涛的口才可差太远了。

窦文涛：他的文笔让我学会一个概念叫硬科幻①。硬科幻比的不是文笔有多好，或者人物塑造多么立体、多么有文学性，而是头脑里的金点子。这个人表面平平无奇，但脑子里的点子太多了。广美看了十几页有什么感触?

孟广美：我只看到“文革”部分，还没看到科幻部分，就觉得他怎么能把“文革”跟科幻混在一块儿，还拭目以待呢。

窦文涛：有人说这也是他在外国得奖的一个原因。“文革”的时候，一个科学家的子女颠沛流离，进入了我们军方，军方有一个战略基地叫雷达峰，就是用雷达寻找外星文明，因为哪个国家找到了外星文明，哪个国家就在战略上居于领先地位……我觉得这些情节真的很引人入胜。

冯唐：刘慈欣的想象力非常丰富。其实人的想象力就是直接的生产力，想象力本身就会引人入胜。如果激活了读者的想象力、憧憬力，其实是一个很美妙的、心理愉悦的游戏。比如这个世界上没有飞机的时候，有人在200年前就想象出飞行器是什么样子、

① 硬科幻是指以科学为基础的，以严格技术推演和发展道路预测，以描写极其可能实现的新技术新发明给人类社会带来影响的科幻作品。与之对应的是软科幻。简而言之，硬科幻是以科技或科学猜想推动情节的科幻作品，代表作品有《海底两万里》《三体》等。

用什么原理，你读的时候会想到天上如果有像大鸟一样的东西飞来飞去该多有意思啊。这是一种智力上的享受。

> 今天，汪淼的感觉有些异样。他的摄影以古典风格的沉稳凝重见长，但今天，他很难再找到创造这种构图所需要的稳定感，在他的感觉中，这座正在晨曦中苏醒的城市似乎建立在流沙上，它的稳定是虚幻的。在刚过去的那一夜，那两颗台球一直占据着他长长的梦境，它在黑色的空间中无规则地乱飞，在黑色的背景上黑球看不见，它只有在偶尔遮挡白球时才显示一下自己的存在。
>
> 难道物质的本原真的是无规律吗？难道世界的稳定和秩序，只是宇宙某个角落短暂的动态平衡？只是混乱的湍流中一个短命的漩涡？
>
> 不知不觉中，他已骑到了新落成的CCTV大厦脚下。他停下车，坐到路边，仰望这A 字形的巍峨建筑，试图找回稳定的感觉，顺着大厦在朝阳中闪烁的尖顶的指向，他向深不见底的蓝色苍穹望去，脑海中突然浮现出两个词：射手、农场主。
>
> ——刘慈欣《三体》

窦文涛：你说的这个让我想起那天谈中国的大学教育，有个学者叫施一公，是清华大学的教授。我觉着他说话挺靠谱，他说自己跟一个以色列使馆的人谈中国教育，说我们中国人和你们以色列人一样，都特别重视孩子的教育。然后那个以色列人就笑了笑，说恐怕还是不太一样吧。他说一个以色列的父母，孩子每天放学回来，都要问两个问题，一是你今天上课的时候有没有提一个什么问题，把你们老师给问倒了；二是你今天做了什么事情，让你的老师和同学对你刮目相看。施一公说，这么一比，哎哟，那真是不一样，我的孩子每天放学回来，我唯一问他的问题是，今天有没有听老师的话。我觉得这个例子挺有意思。

冯唐：可是国外教育真要那样的话，每天都要被人夸，每天都要挤对老师，小孩压力也挺大的。

> 创新人才的培养，也跟我们的文化氛围有关。我问大家一句，你们认为我们的文化鼓励创新吗？我觉得不鼓励，我们的文化鼓励枪打出头鸟，当有人在出头的时候，比如像我这样，特别是有人在攻击我的时候，我觉得很多人在看笑话。当一个人想创新的时候，同样有这个问题。什么是创新，创新就是做少数，就是有争议。科学跟民主是两个概念，科学从来不看少数服从多数，在科学上的创新是需要勇气的。
>
> 三年前，我获得以色列一个奖后应邀去以色列大使馆参加庆祝酒会，其间大使先生跟我大谈以色列人如何

重视教育，我也跟他谈中国人也是如何地重视教育。他笑眯眯地看着我说，你们的教育方式跟我们不一样。他给我举了原以色列总理Shimon Peres的例子，说他小学的时候，每天回家，他的以色列母亲只问两个问题，第一个是“今天你在学校有没有问出一个问题老师回答不上来”，第二个“你今天有没有做一件事情让老师和同学们觉得印象深刻”。我听了以后叹了口气，说我不得不承认，我的两个孩子每天回来，我的第一句话就是问：“今天有没有听老师的话？”

我们有一千四百万中小学教师，我们虽然口口声声希望孩子培养创新、独立思考的思维，但我们的老师真的希望孩子们多提一些比较尖锐的问题吗？这和我们的部分文化、和师道尊严又是矛盾的，所以我们在创新的路上的确还背负了沉重的文化枷锁。

——施一公《中国大学的导向出了大问题》

科幻不是胡想

窦文涛：为什么我觉得刘慈欣的小说好看呢，我这几天真是彻夜难眠地看进去了，它让我回到了童年，我们那时候都是看《少年科学画报》《儿童时代》长大的。我还记得那时候说人类发射了一个旅行者 1 号[①]，旅行者 1 号现在还在那儿飞呢，上面还刻着一个金盘。

冯唐：上面有一个男人一个女人，对吧?

窦文涛：里面还有中国的音乐《高山流水》什么的。那件事给我印象特别深，对于孩子，梦想是很纯粹的，可是今天动不动就说教育成果要转化成生产力，其实有些科学幻想有什么用呢?并没有多大用处。刘慈欣本身是个工程师，他说科幻不是胡想，比如他在书里解释人类的问题，用了一个农场主理论。农场主每天上午 11 点给一群火鸡喂吃的，这群火鸡里有个科学家，认为自己发现了一个规律，就是每天上午 11 点会有食物，但是到了感恩节上午 11 点农场主来了没给吃的，而是把火鸡全杀光了。这种情节让读者有了某种遐想，因为它关系到对这个世界原理、真相的一种思考。

> 在"科学边界"的学者们进行讨论时，常用到一个缩写词：SF。它不是指科幻，而是上面那两个词的缩写。这源自两个假说，都涉及宇宙规律的本质。
>
> "射手"假说：有一名神枪手，在一个靶子上每隔十厘米打一个洞。设想这个靶子的平面上生活着一种二维智能生物，它们中的科学家在对自己的宇宙进行观察后，发现了一个伟大的定律："宇宙每隔十厘米，必然

① 旅行者 1 号是由美国宇航局研制的一艘无人外太阳系空间探测器。它曾到访过木星及土星，是提供了其卫星高解像清晰照片的第一艘航天器。它是离地球最远的人造飞行器，目前已飞出太阳系。

《少年科学画报》曾荣获首届国家期刊奖、第二届国家期刊奖提名、新中国60年有影响力的期刊、全国连环画报刊“金环奖”、新闻出版广电总局推荐优秀少儿期刊等众多奖项。

《儿童时代》是1950年由宋庆龄女士亲手创办的全国第一份少儿综合期刊，她执笔题写刊名，撰写创刊词。在《儿童时代》面世后，又四次为刊物题词，精心撰写了十篇文章。朱德、彭德怀、叶剑英、李瑞环等领导同志都为《儿童时代》题过词；郭沫若、巴金、老舍、冰心、苏步青等著名人士都为《儿童时代》撰过稿。

会有一个洞。”它们把这个神枪手一时兴起的随意行为，看成了自己宇宙中的铁律。

“农场主假说”则有一层令人不安的恐怖色彩：一个农场里有一群火鸡，农场主每天中午十一点来给它们喂食。火鸡中的一名科学家观察这个现象，一直观察了近一年都没有例外，于是它也发现了自己宇宙中的伟大定律：“每天上午十一点，就有食物降临。”它在感恩节早晨向火鸡们公布了这个定律，但这天上午十一点食物没有降临，农场主进来把它们都捉去杀了。

——刘慈欣《三体》

冯唐：人类未知的东西要远远多于已知的东西，这就是天然的科幻的土壤，那么多未知，能想象出各种有可能的状况，大家编啊编，有些就编得特别有道理，让你觉得逻辑上能解释得通，从现在的知识看这个事非常有可能发生。刘慈欣的《三体》系列，我看了一大半，真有一种小时候看武侠小说或琼瑶爱情小说的感觉，就觉得昏天黑地的，也不知道是黎明还是傍晚，人整个就陷进去了，想象那么多未知的东西，有时候还想会不会是另外一个样子，还在旁边写点笔记。其实这种阅读感觉很好。

孟广美：我觉得我可能属于那种特别没有创造力的人，要的是眼见为实，让我自己去凭空想象很困难。小时候连那个武侠小说的场景我都有各种质疑，一边看着一边心里在较劲，所以我这样的人不适合看科幻小说。

窦文涛：科幻有时候是一种没用的东西。现在他们老说，中国科技在世界上排不上名次是因为基础理论不行。你看牛顿琢磨一个原理，就是出于简单的好奇。达·芬奇不光画画，他什么都研究，甚至画出了直升飞机和降落伞，还怕人看见，故意倒着写，通过镜子才能正过来看。问题在于这些全没用，虽然他预言了很多东西，但人类最后发明直升机并不是受了他的启发，几百年之后他的手稿才被发现。

孟广美：太亏了哇。

冯唐：那时候没有互联网啊。达·芬奇这样的人，甚至唐代李白、现代窦文涛这样的人，你会觉得他们有可能有外星人血统。

窦文涛：你这个想象真够科幻的啊，哈哈。

冯唐：因为这些人想的东西的确跟一般人不一样，真的可能来自不同的星球。像刘慈欣，他会想那么大的事儿、那么多的为什么，换作是我，经常会问的是我为什么见着阿姨会脸红、为什么见着女生就开心等等。像文涛可能就会想那种很黑暗的，比如说这妒忌心怎么处理之类的，哈哈哈。

外星人就在我们附近?

窦文涛：看刘慈欣的照片，他属于那种长得傻呆呆的，表面是个呆相的人。要像冯老师，班里女同学可能会喜欢，可是刘慈欣这模样，平时又少言寡语的，是不是一般女同学不会喜欢这样的男孩子?

达·芬奇除了在绘画领域有卓越成就，还是天文学家、发明家、建筑工程师。他还擅长雕刻、音乐，通晓数学、生理、物理、地质等学科，既多才多艺，又勤奋多产，保存下来的手稿大约有 6000 页，涉及方方面面。他全部的科研成果尽数保存在他的手稿中。爱因斯坦认为，达·芬奇的科研成果如果在当时就发表的话，科技可以提前 30—50 年。

| 达·芬奇飞行器设计手稿 |

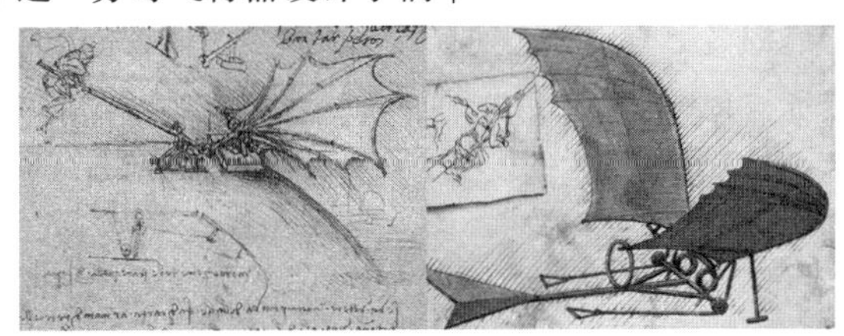

孟广美：一般比较不会注意到吧。

窦文涛：谁知道没女孩喜欢之后，他自己窝在娘子关的发电厂里成了科幻作家。

冯唐：这才叫动力，你想想如果整天像你一样去泡妞，整天去跟姑娘聊天，整天想着怎么哄姑娘，哪里有时间想宇宙问题呢。

窦文涛：我觉得什么萝卜什么坑，我慢慢看刘慈欣的长相，就有一个联想，觉得他的语言比较平，很像他的外表，你不觉得吗？他的文笔说不上多么美好，就像他的外形看着平平无奇，可是里头蕴含着思想和智慧。比如他的“黑暗森林”理论，也算在外星人理论里面。外星人理论当中有一个理论叫作费米悖论[①]，有个物理学家叫费米，大家都在说寻找外星文明，费米就问了一句话，可是它们到底在哪儿呢？这就叫费米悖论。就是说如果有的话，以宇宙之大，为什么我们从来没有见到过，从来没有接收到任何信号，从来没有感觉到任何探测器？这里面有几个理论，一个理论是“瓶颈”，比如星际穿越的技术很难突破。另一个理论，也许他们已经来了，就在我们中间，但我们不知道。第三个理论是刘慈欣提出来的一个假说，叫“黑暗森林”，他认为每一种文明都像是在森林里拿着枪的猎人，猎人们之间因本能的自保会隐藏行迹，外星文明也会对我们隐藏，外星人说不定就在我们附近。他说因为很有可能一接触就要毁灭，所以他们要隐藏起来，就像猎人看见黑处有动静，多半会打一枪先试试，因为很难分清对方

---

① 诺贝尔奖获得者、物理学家费米在和别人讨论飞碟及外星人问题时，突然冒出一句：“他们都在哪儿呢？”这句看似简单的问话，就是著名的“费米悖论”。

是善意的还是恶意的。

宇宙就是一座黑暗森林，每个文明都是带枪的猎人，像幽灵般潜行于林间，轻轻拨开挡路的树枝，竭力不让脚步发出一点儿声音，连呼吸都小心翼翼……他必须小心，因为林中到处都有与他一样潜行的猎人。如果他发现了别的生命，不管是不是猎人，不管是天使还是魔鬼，不管是娇嫩的婴儿还是步履蹒跚的老人，也不管是天仙般的少女还是天神般的男孩，能做的只有一件事：开枪消灭之！在这片森林中，他人就是地狱，就是永恒的威胁，任何暴露自己存在的生命都将很快被消灭。这就是宇宙文明的图景，这就是对费米悖论的解释。

——刘慈欣《三体Ⅱ·黑暗森林》

一个黑暗森林中的猎手，在凝神屏息的潜行中，突然看到前面一棵树被削下一块树皮，露出醒目的白木，在上面用所有猎手都能认出的字标示出森林中的一个位置。这猎手对这个位置会怎么想？肯定不会认为那里有别人为他准备的给养，在所有的其他可能性中，非常大的一种可能就是告诉大家那里有活着的、需要消灭的猎物。标示者的目的并不重要，重要的是黑暗森林的神经已经在生存死局中绷紧到极限，而最容易触动的就是那根最敏感的神经。假设林中有一百万个猎手（在银河系上千亿颗恒星中存在的文明数量可能千百倍于此），可

> 能有九十万个对这个标示不予理会；在剩下的十万个猎手中，可能有九万个对那个位置进行探测，证实其没有生物后也不予理会；那么在最后剩下的一万个猎手中，肯定有人会做出这样的选择：向那个位置开一枪试试，因为对技术发展到某种程度的文明来说，攻击可能比探测省力，也比探测安全，如果那个位置真的什么都没有，自己也没什么损失。
>
> ——刘慈欣《三体Ⅱ·黑暗森林》

冯唐：他的书讲的也是外星人入侵的故事，你发出信号，让人知道你这儿有人，适合人类居住，然后外星人过来把你的领地给占了，有点像欧洲人去到美洲大陆。

窦文涛：至少把梅毒给传过去了。

孟广美：我觉得还有一个可能性就是他其实是个外星人，但他自己不知道。

窦文涛：你真的这么相信吗？

孟广美：真的这么相信啊，我觉得那些东西你不能讲他凭空想象，他可能真的经历过。

窦文涛：你要真相信这些五迷三道的，我跟你说，台湾有个音乐人有阴阳眼，能看见另一个时空的东西，你跟他一块儿走的时候，他经常会闪，你问他为什么，他说看见有人。

孟广美：好多艺人都能看见，你跟他拍戏，拍一拍，他眼睛忽然直了，然后你就全身发麻，知道他估计是看到什么东西了。

窦文涛：冯老师你作为作家，信这些东西吗？

冯唐：实话讲我不太信，因为我在医院接触过的很多病人后来都去世了。协和是死人最多的，因为很多疑难杂症都去协和治。而且那个楼道很阴森，都是接近百年的建筑，我晚上一个人在那儿做了三年实验也没觉得什么。只是有一个老太太，她常年到我们实验室做CA125[①]检测，有一次我自己在那儿做实验，恍惚间觉得她在问我这回检测指标怎么样。只有一瞬间这么感觉，也可能是自己累了。后来去台湾那个酒店，挂了很大符咒，据说原来死过很多人，是日本人的监狱，还是坟场，我住着也没觉得有什么啊。

窦文涛：现在经常有新闻讲，科学研究说濒死的病人灵魂上了天花板，病人知道医生是怎么给他缝合的，几个医生、几个护士，他醒过来之后都知道。甚至有人做过一个实验，在天花板上放一个板子，板子上面放东西，然后这个病人抢救活之后，能说出板子上放的是什么东西。这就证明灵魂可以离开身体，你们对这个事儿怎么看？

冯唐：我没上过天花板……

---

① CA125是1983年由Bast等人检测出的可与单克隆抗体OC125结合的一种糖蛋白，来源于胚胎发育期体腔上皮，在正常卵巢组织中不存在，最常见于上皮性卵巢肿瘤（浆液性肿瘤）患者的血清中，其诊断的敏感性较高，但特异性较差。

男女

我相信人相遇真是几辈子修来的缘分。你这辈子结善缘，下辈子还结善缘，两个人在一起当夫妻也好，当男女朋友也好，这是要几辈子修来的缘分。在一起三年多不容易，肯定喜怒哀乐、酸甜苦辣各占一些，给它画下了一个美好的句点，两个人真心地相互祝福多好。我相信下辈子再见，还是个善缘，没必要画下一个恐怖的惊叹号。

窦文涛：冯唐老师在美国待那么长时间，可以给我们讲讲到美国代孕的事儿。听说现在中国的富人花 15 万美元，最高可能到 20 万美元，就可以找美国人代孕，而且干这个事儿的人越来越多，一般都是到加利福尼亚州去。这不是冷冻卵子，也不是怀了孕到美国去生，混个美国国籍，而是直接找一个美国女人的肚子把孩子生出来。

冯唐：把受精卵搁进去。

窦文涛：对，我见过一个案例，夫妻两个已经有了一个孩子，再生老生不出来，然后就找了个美国白人妇女的肚子给他们生，生下来也算是美国国籍。你是妇科博士，怎么看这个事儿？

冯唐：这事儿在美国理论上、实践上都可行，在中国不行。

孟广美：在美国也不是每个州都允许的，只有个别州才可以这么做吧。

代孕是个太新的产业

窦文涛：为什么代孕这件事儿在中国就违法呢？

冯唐：我之前还真没考虑过这事儿。如果从计划生育是国策的角度看，自己都不让乱生、不让多生，让别人生更是会影响指标，因此行不通。

孟广美：现在有很多人在经济可以负担的情况下，一下子找六个代母，而且他自己还没结婚。他找人捐卵，然后找六个肚子代孕，因为捐卵的人不一定愿意帮你生孩子，捐卵归捐卵，有卵子银行，完全是个产业链。有些人可能因为不想结婚，或者其他一些特殊原因没办法结婚，但他能够负担得起，于是找人代孕。我觉得代孕主要是服务那些不孕的人，但是有些人就觉得要复制自己的基因，然后找妈找肚子，一生生八个十个。

窦文涛：然后造就一个帝国。听说有个缺乏医德的英国医生，100多个孩子全用的是他自己的精子，你说要脸不要脸。我想问问冯唐，过去没有代孕这些事儿的时候，我们很容易辨别孩子跟母亲的感情，可是现在人这种感情到底是从受精卵那儿来的，还是从代孕肚子那儿来的？

冯唐：这问题挺深奥。你在人家肚子里待了那么长时间，从某种程度上她就跟你有很深的联系，然后你出生之后被抱走了，这种联系被人为地切断了，对你后天的心理成长会产生影响。

窦文涛：那孩子到底是跟肚子亲，还是跟这个卵子亲？

孟广美：这问题我咨询过，因为有人问我和我先生干吗不找个代母生孩子。我先生特别不能接受这种事，他觉得都不是从自己肚子里出来的孩子，怎么会是自己的孩子？但医生的解释是，那个基因是百分之百的，血缘并不会遭受所谓第三者的污染。

窦文涛：跟肚子没有关系？

孟广美：根本没关系，他说脐带只是提供营养的一个渠道而已，子宫、羊水是你生活的一个房子，出生之后你只是搬家了而已。

冯唐：但是从另外一个角度，房子也能影响人。哪怕外边一个奶妈喂过你一年，你都会对她有感情，何况你在人家肚子里待了十个月呢。而且还有一个问题，如果这个代孕的女人认为这就是她的孩子，毕竟在她肚子里待了这么长时间产生了感情，到时候要是不放手不给你孩子了怎么办？我不知道美国法律是怎么规定的。

孟广美：之前有过这种案例。为什么现在代孕的费用会提得那么高，因为里面有很大一块是律师费，因为这个产业太新了。我们现在还不知道这个小孩那么小离开养育他的母体，到一个所谓和他有基因血缘关系的爸爸妈妈身边之后，他的心理会有什么样的变异或反应。很多代母怀到第七八个月的时候，就已经计划要叛逃了，因为她跟这个孩子产生了感情，每天跟他说话，跟着他一起开心、一起疼痛，怎么会没有感情？

窦文涛：我就不懂，完全是别人的精子和卵子，植入了我的肚子，我怀了十个月，会对这个孩子产生母亲的感情？

孟广美：我相信会。

冯唐：我也相信会，你领养一个孩子都会产生感情，何况在你肚子里待了十个月。

中国不允许双重国籍

窦文涛：代孕即便在美国都面临很复杂的法律问题，他们为什么都去加利福尼亚州？因为据说加利福尼亚州在这方面的法律比较完善。加利福尼亚州通过的代孕相关法规在美国好多地方是行不通的，比如在华盛顿特区就是非法的。中介收你 15 万美元，就是帮你处理后续这些事儿，比如怀孕七八个月叛逃的情况。这里头还有国籍问题，这个孩子生在美国有美国国籍，而中国法律规定父母亲是中国人，孩子是中国国籍，可是中国又不承认双重国籍，这里面就有风险。有些在美国生的孩子，父母亲都是中国人，他在中国也能报上户口，但是将来到了一定时候就得让你选择，比如这孩子 18 岁了，不能拥有双重国籍，因为中国法律不允许。

冯唐：任何一个在美国出生的中国小孩都存在这个问题。

窦文涛：我是想不通为什么现在这么多人找人代孕。

孟广美：像我一些比较年轻的女朋友，可能担心生孩子身材会变形，而且不想受罪，所以找人代孕。我觉得这部分人比较容易理解，比较难理解的是那些想当代母的人，为什么她想去帮别人怀孩子呢？除了有一笔收入之外，有人说想再感受一下怀孕的感觉，那种感觉让人好幸福、好感动……我听到这样的理由，觉得太"伟大"了。

冯唐：我想钱应该是主要因素。怀孕有一点点快感，这也是可能的，因为我听女人讲过，她特别喜欢抱小婴儿，所以我想可能女人怀孕的时候也会有一种幸福感。

孟广美：在美国好像对代母要求还挺高的，要有学历，还要结过婚、生过孩子，至少要生过一个孩子的人才可以，而且还要做各种心理检测，这个人必须心理很健康才能够当代母，所以门槛其实挺高。听说找代母的时候，墨西哥籍的会便宜很多，黑人也会便宜。

窦文涛：这不是搞歧视吗？墨西哥人的肚子就便宜啊？

冯唐：其实代孕是有风险的，代母不好的生活习惯会对婴儿有很多不良的影响。

孟广美：比如抽烟、喝酒，还有吸毒，等等。

窦文涛：那还干这活儿？

冯唐：其实越是这样她越缺钱，越想做这个事。有些人你看着挺正常的，实际上又抽烟又喝酒又有不正常的精神状态等，对小孩来说还是有很大风险。

孩子是最弱势的群体

窦文涛：听说怀孕的时候小孩这十个月会一直听着母亲的动静，将来生出来之后哭哭闹闹，只有母亲的声音甚至母亲的触摸才能安抚孩子。我记得我小时候躺床上累了，我母亲在我脑门上抚摸一下就能让我安心，除了她，任何女人都做不到这样，她的手也不是特别细嫩，甚至有些粗糙，但就是对我有一种特别的安抚。

我闹不清这和肚子以及卵子是什么关系。

孟广美：我觉得可以做一个长期的追踪调查，很多代母生下了孩子，可以开始调查他们跟代母以及亲生母亲之间的联系。

冯唐：这里头有很多神秘的东西，比如晚上睡觉的时候，我特别轻地喊一声我妈，她一下就会醒，别人基本都醒不来。我试过，我爸肯定不会醒，其他女性也不会醒，但你轻轻叫一声，我妈会醒，她对孩子的声音有一种特别的敏感。

窦文涛：所以我们的科研课题是，母子这种感应到底是因为她怀了你，你被她的血脉孕育了十个月，还是仅仅来自基因，来自这个受精卵。

冯唐: 我是从那些代孕的女人角度想，孩子在她肚子里待了十个月，她怀孕受了这么多苦，然后突然孩子就这么被抱走了，我觉得她的心理创伤也蛮大的。

窦文涛：我觉得现在女性自由了，打开了很多可能性，但真的有一个伦理问题，包括冷冻卵子，比如一个女人说我不需要男人，但我想生个孩子，这是我的权利啊。可是站在孩子立场，你凭什么让一个孩子从小就没有父亲呢？你问过他的意见吗？他愿不愿意呢？

> 规定单身女性一定要结婚后才可以使用冷冻卵子，主要还是出于计划生育的考虑，担心如果单身女性都可以生育了，计划生育就会失控。但是，女性的结婚与否与她的生育权利是两回事。结婚与否是她个人的选择，生育却是宪法和计划生育法赋予公民的权利。现在的问题

是，计划生育的底线应当规定每对夫妇只能生育一个孩子，还是应当规定每位女性只能生育一个孩子。我的建议是：将每对夫妇只能生育一个孩子的规定改变为每位女性无论婚否都可以生育一个孩子，这就既保证了计划生育的实施，又保障了每位妇女的生育权利。这一改变是符合《人口与计划生育法》第17条的规定的。而这一改变之所以一直没有被大多数地方政府和整个国家提上议事日程，是因为过去很少有单身女性提出生育的要求。

——李银河

冯唐：冷冻卵子这个事儿，我跟几个医生朋友讨论过，有一个大问题大家还没想到，就是你五六十岁生了一个孩子，你想想你对这个小孩的陪伴是一种什么状态，你已经很老了，他还非常小。

孟广美：他上大学的时候，你已经拄拐杖了。

冯唐：有可能孩子上小学的时候，你就拄拐杖了。本来一个妈妈应该带着他玩，带着他逛，给他讲故事，你可能已经做不了这些事儿了，所以这对小孩是不公平的。

窦文涛：甭说这个了，我有个朋友跟他的小女朋友出去，人家都说你爸在后边走太慢了……有时候较真来说，人类做这些事是因为太狂妄了，认为自己都弄得门儿清了，其实未必清楚，比如你借了一个肚子生下孩子，这个孩子有没有要求“原装”的权利？

冯唐：有时候不是权利，是影响，有些影响我们并不知道，我们不知道这种影响最后会呈现出什么状态，可能小孩超级没有安全感，可能孩子很容易生某种病，这个真的很难预测。

孟广美：太杞人忧天了吧。现在很多正常的爸爸妈妈生下孩子之后，虐待他，不给他爱，我觉得这个更悲惨吧。如果你这么千辛万苦花重金生下一个孩子，我相信起码这个孩子往后会受到很好的教育。现在很多国外的男同性恋人，合法结婚之后，为了延续下一代，也得找人捐卵，找人代孕，用两个人的精子各生一个，孩子生下来之后有两个爸爸。你说这种情况下孩子的选择权在哪儿？

窦文涛：孩子就只能是弱势群体了，是吧？

人把自己玩进去了

冯唐：反正人类要这么玩下去，有可能慢慢就给自己玩进去了。

窦文涛：有这个可能。我们自以为弄清楚了一切，就开始干了，但其实你真不知道自己会玩到哪种地步，甚至连剖腹产我们都没研究明白。因为我看到一种学说，说剖腹产的孩子在身心成长方面会跟顺产的孩子有不同。

冯唐：就像瓜熟蒂落的跟催熟的瓜果梨桃味道不一样。

窦文涛：反过来，科技也会改变人的行为，比如自从剖腹产出现之后，很多人都更愿意挨一刀，在中国尤其明显，以至于现在都倡导顺产，你能自己生就自己生。

孟广美：也有人说医生太忙了，没有办法随时待命，所以约好时间是最方便的做法，尤其是香港的医生。

冯唐：方便不见得对人体最好，我还是倾向于瓜熟蒂落，这个痛苦的过程是老天爷让你这么体验的。

孟广美：有些母亲要求自然生产，医生还不同意，比如你的预产期是 12 月 24 号，医生跟你讲他圣诞节要去滑雪，要求你提前把孩子生下来，所以现在当妈妈也没有那么多选择权了。

窦文涛：冯老师作为一个妇产科医生，对这种现象怎么看？

冯唐：医生应该更敬业一点，更尊重自然一点，多给患者一些选择权。如果科技完全按照人的思想一点点发展的话，其实后果是挺可怕的。比如代孕，谁能保证人的受精卵不会做基因改变？比如你会跑得像刘翔一样快，比如人和动物通过技术手段能做好多东西……这些事情能不能做？这条线画在哪儿？都值得认真思考。

2400 年前，你发誓："医神阿波罗、阿斯克勒庇俄斯及天地诸神作证，我，希波克拉底发誓。"

所以，第一，医生要存敬畏之心，敬神、敬天地、敬心中的良心和道德律。哪怕面对极端穷困的利刃，哪怕面对病人的利刃，都不能忘记敬畏之心，要有所不为。

2400 年前，你发誓："凡教给我医术的人，我应像尊敬自己的父母一样，尊敬他。对于我所拥有的医术，无论是能以口头表达的还是可书写的，都要传授给我的儿女，传授给恩师的儿女和发誓遵守本誓言的学生；除此三种情况外，不再传给别人。"

所以，第二，医术是门手艺，医生要延续这门手艺，要精诚团结，要彼此亲爱。

2400 年前，你发誓：“我愿在我的判断力所及的范围内，尽我的能力，遵守为病人谋利益的道德原则，并杜绝一切堕落及害人的行为……无论到了什么地方，也无论需诊治的病人是男是女、是自由民还是奴婢，对他们我一视同仁，为他们谋幸福是我唯一的目的。”

所以，第三，病人的利益高于医生的利益。病人首先是人，病人在病痛面前一律平等。医生不应有任何差别之心，病床上、手术台上没有贫富、贵贱之分，医生尽管不能保证病人享受同样的药物，至少能保证给予病人同样的安慰和照顾。

——冯唐《三十六大·大医》

窦文涛：这个事情往前是没头的，就像广美说的同性恋的两个人也要自己的孩子。

孟广美：这完全是合法权益，所以好多事情真的要有一个很好的规范，如果夫妻双方都有问题，没有办法生孩子，可以提供代孕这样的服务；但如果只要你有钱，能负担得起，你不想生孩子，就找别人去代孕，时间到了就去要收成，我觉得太有问题了。

这是女权还是自私?

窦文涛: 现在的女人是不是越来越自私了?越来越多的女人不愿意生孩子,怕妊娠纹,怕体形变坏,说不生就不生,或者找个肚子生。这跟我妈妈那个年代的女人真是太不一样了。

孟广美: 某程度上来讲,是的。

窦文涛: 而且现在很多妈妈不跟孩子一块儿睡,让孩子跟保姆睡。接下来就会出现问题,从小跟妈妈睡和从小跟保姆睡,对一个孩子的成长有没有什么影响?孩子有没有选择跟妈妈睡的权利?现在很多女的要自己玩,要保持自己一个好的状态,就越来越多地让渡她的这种权利了,我不知道这是女权还是自私呢?

冯唐: 你这么聊下去,会被人当成"直男癌"的。

窦文涛: 不是,我都见到了,我身边就有怕乳房变形而不喂奶的女人。孩子从小就吃不到母乳,而妈妈的身体没有任何问题。

孟广美: 我见到的全是反过来的,本来特别爱玩,一天到晚去夜店、抽烟、喝酒的女人,忽然有了小孩之后完全变了个样,自己喂奶、带孩子,陪孩子睡。现在孩子已经三岁了,她还在陪孩子睡,我说好像不太好吧,孩子跟妈妈睡太久不好,她觉得好,每天要抱着孩了睡。

窦文涛: 冯唐是妇科博士,阅女无数,你的观察是什么?

冯唐: 我觉得大家一直有个错觉,认为妇产科男医生不是一

林巧稚（1901—1983），医学家。她是北京协和医院第一位中国籍妇产科主任及中国科学院首届唯一的女院士，虽然一生没有结婚，却亲自接生了五万多名婴儿，被尊称为“万婴之母”“生命天使”“中国医学圣母”，又与梁毅文被合称为“南梁北林”。

个正当的行业，其实妇产科里男医生很多，而且非常有职业道德，就像我的导师说的，你是把女人当成一个患者来看的。

窦文涛：我觉得很多中国女士看妇产科还是更愿意找个女医生，广美是不是有这样的心理？

孟广美：我不但有这样的心理，我还有这样的行为。

窦文涛：所以冯唐就失业了，只能去写小说了，哈哈哈。

冯唐：如果妇产科男大夫水平更高呢，你还是宁愿找个水平低点的女大夫？

孟广美：我觉得心里真过不了那道槛，尤其是年纪更小的时候，妈妈也会交代，你去的时候找个女医生。

窦文涛：有这样的民情，冯唐为啥当时还选择学妇科啊？

孟广美：颜值高的男医生又不一样了呗，可能有些人还特意奔着他那个颜值而去呢，哈哈哈。

冯唐：说正经的，因为林巧稚开创的协和妇科一直非常有名，排名永远第一——如果协和妇产科得 12 分，第二名就是 6 分，差得特别多，所以我学了妇产科。还有一个，学妇科内外兼修，又能做手术又能开药，不像一些简单的手术科室，差不多只有手术。

窦文涛：总是也有你一个爱好在里面嘛。

冯唐：是啊，其实第三个主要原因是我一直非常热爱妇女，我想热爱得多了可能也是个病，需要治一治，哈哈哈。

窦文涛：结果变成治妇女病的了。

冯唐：我想是不是多看看、多接触一下妇女，这种毛病就可以好一点，比如你特别爱吃大肥肉，要天天让你吃大肥肉，你就腻了。

这是一种恶性疗法、逆势疗法，结果我发现也没成功。

我都请你吃麦当劳了，你还不让我睡?

窦文涛： 最近还出了个新闻，云南一个 17 岁的女孩子去做人流，结果死在手术台上了。

冯唐： 太可惜了。

窦文涛： 现在都呼吁要实名制，可是医院不负责查患者的身份，比如这个 17 岁的女孩声称自己 18 岁，医生就认为她是成年了，她要做人流就可以给她做，结果死在手术台上。一开始通知家里人说是羊水栓塞，但后来对外发布的时候，医院说是发生了咳呛，然后心脏骤停。这人咳嗽一声，就能死在手术台上吗?

冯唐： 人体很复杂，病情也很复杂，可能有各种意外，你说的应该是极小概率事件，因为人流并不是一个特别复杂的手术，17 岁也好 18 岁也罢，其实蛮年轻的，做手术不应该出现这类意外，不知道实际发生了什么。

窦文涛： 然后家属就到医院去放鞭炮，中国人闹事儿挺有意思的，一伙儿人去医院摆花圈、放鞭炮，让医院赔 200 万。后来讨价还价说赔 95 万元，前提是医院得弄清死因，要弄清死因就得解剖，但家属又不同意解剖。你是医生，觉着碰见这种事儿该怎么办?

冯唐： 我觉得这就跟其他事儿一样，一个是法律，一个是世道人心。先把情况摸清楚，如果违法的话，那该怎么赔就怎么赔。如果是世道人心层面的问题，那就看医院觉得怎么合适了，要跟家属商量。

窦文涛：医院应该负责查核病人的真实身份吗？

冯唐：这个很难，现在都是信息实名制，用身份证挂号、看病。但如果身份证是假的，那医院也没办法。如果没联网，那患者自己填啥，医生也得认，这个很难让医生去负核实身份的责任。

窦文涛：现在有 11 岁的女孩去做人流，广美听说过吗？

孟广美：没有，太造孽了吧。我真觉得什么实名制不实名制不是重点，重点是这个女孩的家庭教育。17 岁做人流我就觉得特别惊讶了，何况 11 岁。现在女孩做人流好像有一种家常便饭的感觉。前段时间我身边也有一个很小的女孩准备做人流，我们各种劝说，说她年纪这么小要保护自己之类的。结果她妈妈站出来说，那有什么了不起，我都做了七次人流了。如果当母亲的都觉得这个事儿很无所谓，那别人也没法去教育了。

窦文涛：她已经怀了，难道你要让她生下来吗？

孟广美：不是让她生下来，而是你为什么要怀上？可以有各种方法不怀上啊。

窦文涛：对于性行为，现在跟咱过去习惯不一样，比如在我们那个年代，男的就怕女的太保守，但现在十几岁的小女孩，我发现对这种事儿已经进入一种空心化的状态，一方面她不太懂性爱的乐趣，另一方面她反而把性弄得特别容易，比如跟同班男同学交换个什么游戏设备或者帮忙做个作业，她就可以跟男同学去睡一觉。她也不是爱他，就觉得拿性去做交易很平常。

冯唐：就像他们说的，我都请你吃麦当劳了，你还不让我睡？

窦文涛: 你说这是为什么呢?

冯唐: 我觉得可能大家心里的规矩越来越少了，把性这东西看得越来越平常了。但不管怎么平常，人流这个事儿对身体的损害是相当大的，很多人不孕都跟早期人流有关系。

窦文涛: 没错，我起码都知道，人流做多了之后会影响以后的生育能力，还会有很多妇科炎症，会导致输卵管堵塞，等等。

孟广美: 如果你真相信有灵魂这件事情，人流就是杀生，你亲手杀掉了自己的孩子。他轮回不了，投胎不了，真的很惨。我不是要提倡什么神鬼论，但是如果你真的相信有灵魂有轮回的话，人流是件很可怕的事。

窦文涛: 从佛教角度来说，是太恐怖了!

女人有权决定自己的身体

窦文涛: 我跟身边的朋友进行了一些长期抽样调查，形成了一些不完全统计，比如我们说今天的男人如果有处女情结的话，应该算是比较老土了，但你要看网上的跟帖，还是有相当一部分男的有这个情结的。且别说这个情结，就说你在不在乎女朋友做过人流，我发现我问过的中国男人，几乎没有谁不在乎的。他不见得要求女朋友是个处女，但他很介意女朋友做过人流，这涉及一种人性占有欲，觉得你这个子宫是给别人用过或者刮过的，他接受不了。这种想法女权主义者肯定反对，但是我问身边的女性，得到的答案也很有趣。一半以上的女性不会把她做过人流的事儿告诉老公。如果真觉得没什么，为什么不愿意让老公知道你做过人流呢？

冯唐：毕竟这是一个有损伤的事儿，无论对身体也好，对心理也好；但是转一个角度，我觉得女性有权利处置这些东西。

窦文涛：那你介意吗？

冯唐：我还真不介意。

窦文涛：要不说学妇科的就是不一样。

冯唐：终于有点专业素养了，哈哈哈。

窦文涛：冯老师已经进化到另一个方向上去了，你觉得是不能找处女的，对吗？

冯唐：我就觉得如果你的女朋友或者你老婆是个处女，这事儿有一个网络术语叫“细思恐极”，仔细想来恐怖至极啊。

窦文涛：为什么？负不起那么大的责任？

冯唐：倒不是责任，是觉得要有多长的教育过程。

孟广美：你想多了吧，很多事情出于本能，是不用教育的。如果都需要教育的话，我估计有些东西教一辈子也不一定教得会的。

窦文涛：现在十几岁小女孩性经验一点都不缺乏，她们好像也并不是多么有性欲，只是觉得这个事儿很随意，随便一个什么原因就可以发生，而且还不知道避孕。

孟广美：而且有些女孩还觉得性是蛮讨厌的事情，但好像又是必须要做的一件事，想赶紧把它做完算了。

窦文涛：我之前看过一个国外视频，一个男子找不同的年轻女孩网聊，试着约她们出来，试了三个，三个都出来了。他就让女孩的家长在旁边看，家长都急了。国内也出过类似事情，有个传媒大学表演系的女生被男同学骗去拍戏，结果这个男同学强奸未遂杀人了。连续出这样的事情，我真觉得新一代的女孩子特别愣，有点像假小子，比如上次我看见一个女实习生，昆明的同学叫她去玩，她自己买个机票就走了，她说自己经常这样，超有安全感。

冯唐：还是要有一点自我保护意识，不能说这个人长得像窦文涛，你就相信他。

窦文涛：长得像冯唐更可怕呀，哈哈哈。

孟广美：像我们 20 世纪 60 年代的人，其实对这个世界充满了不安感，十几岁的时候又怕人又怕鬼又有什么间谍之类的，总之是各种恐怖印象。我小时候生活在农村，山上还有蛇，有一些乱七八糟的东西，所以从小就觉得生活在恐惧当中，相对应地，警惕感一直都很强，坐电梯的时候都恨不得后面长眼睛。出国旅行的时候，很多人都会讲到哪里要小心什么，这些小心能写成一本书。但现在的小朋友好像觉得天塌下来有爸爸妈妈扛着，坏也不会坏到哪里去。

窦文涛：我们那个时候有点父权社会，从小的教育潜移默化，总觉得女孩子出去之后会吃亏，总觉得不能被人占便宜。

孟广美：小时候出去真的会吃亏，因为谁都可以欺负你，连我哥比我大两岁都能老欺负我。我们那个年代的女孩真的不值钱呢。

结婚久了，激素不够了

冯唐：我觉得应该有一些文学作品也好，电视剧网剧也好，多跟女孩子说说这些实际风险，跟老年人也要多说小心骗子。对女孩子、小孩子要告诉他们，小心街上有坏人。现在不像过去，过去那个时代经常会讲好人、坏人，现在很少讲了，好像不太问这些事儿了，是非观淡了好多。但实际上呢，那天三里屯就有人拿刀把一个女的给砍了。现在生活压力很大，大家的精神状态可能也不是特别好，现在的风险应该比过去那个年代大得多。

孟广美：大太多了，现在小孩玩游戏机也会给他们造成很多不好的影响。之前台湾有个男孩在捷运上砍了几十个人，都要被判死刑了，他还说如果有机会的话，还要再来一次，要杀更多人，真是执迷不悟。

冯唐: 可能现实和虚拟他分不清楚了，觉得就是游戏的一个场景，在打怪。

窦文涛：对，而且我觉得现在女孩可能也多了一些主动性，我听说有个女学生到一个单位来实习，这女孩就跟介绍实习工作的人发生性关系了。我说这也太离谱了吧，还没到给你介绍工作，就介绍你来实习，你都能跟他睡觉？！结果这女孩说，她不是那种卖身的感觉，很多时候发生一次性关系也无所谓，这个叔叔帮了她的忙，那天她可能也喝了点酒，然后自然而然就发生关系了，其实就是一夜情。这两天发生了一个世界性新闻，一个全球偷情网站几千万的用户资料被黑客破解了，一下子晒出来，已经造成几个人自杀。里面还有香港的，香港的太太们就开始查自己老公的邮箱。大家看看登录偷情网站的人的分布图，最红的登录密度最高，包括中国东南沿海。

冯唐：日本也好高，韩国很高。

窦文涛：这个网站叫 Ashley Madison，它的广告语是“人生苦短，及时行乐”。全球偷情登录最高的城市，第一是圣保罗，第二是纽约，第三是悉尼，后面还有多伦多等。据说注册的用户里面 86% 是男的，只有 14% 的是女的。这么多的男的要上去找偷情对象！

冯唐：女的好累。

窦文涛：这个网站到处做广告，广告词就是“Life is short, have an affair”。

冯唐：干一把！

窦文涛：干一把，翻译得挺好。据说每 20 秒就有人新加入这个网站，它甚至还把广告做到了公共汽车上，还找了很多有性绯闻的名人做广告。

冯唐：哈哈哈，尺度太大了。

孟广美：这个偷情网站我怎么觉着像个诈骗网站。这个网站里面 86% 是男人，男士加入要收费，一个人 49 美元的入会费，他们找谁呢？

窦文涛：有 14% 是女的，都是婚姻特别稳定，跟自己老公很好，但是时间长了之后，觉得老公献殷勤献得不够。作为一个著名的直男癌作家，请冯老师来解释一下，为什么一进入长久的婚姻状态，男方就好像对女的不再表现得很殷勤了？

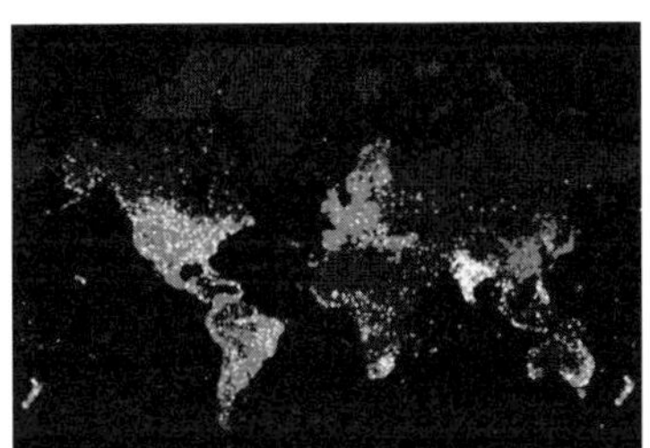

阿什利·麦迪逊偷情网站的泄密事件波及范围十分广泛，在全球引发了一系列的连锁反应。网站的用户们坐立不安，而怀疑对方出轨的伴侣也开始四处寻找证据。也有一些人选择“先下手为强”，干脆自曝为快，有不少知名人士站出来承认并为此道歉。英国已有民众因发现伴侣加入这个偷情网而申请离婚，更可怕的是加拿大甚至有用户疑因自己的资料外泄而自杀身亡。

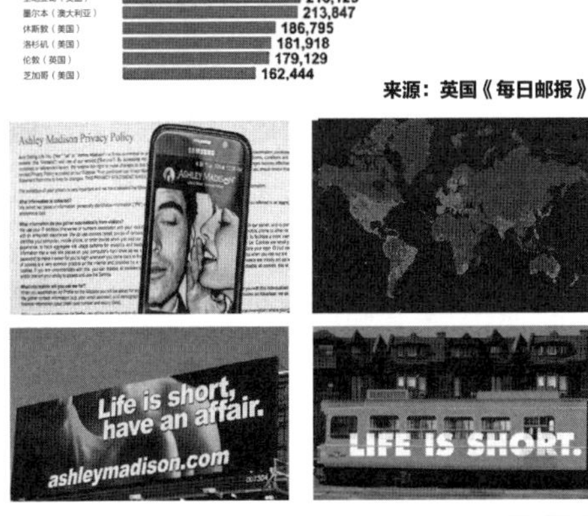

冯唐：激素不够吧。激素有三类，一类短效，就是负责扑倒，会不会一见钟情，会不会扑倒，一般是肾上腺素、可的松一类；中间负责爱情的实际上是一个中效激素，管一两年的事儿，在一起就开心，不在一起就难受；第三种是长效激素，长效的是一种愉悦感。

一别两宽，各生欢喜

窦文涛：最近还有一个头条新闻你们关注没？范冰冰和李晨在一起了，当事人甚至争相发声明，向公众澄清[①]。既然你们愿意，是不是我们也可以公开议论一下呢？这里头有很多大家关心的事儿，比如情感、人性，甚至还出来一个“打抱不平的朋友圈”。张馨予的朋友说，李晨在跟张馨予的关系中是个负心汉，张馨予是忍辱负重的。然后李晨那边的朋友圈又出来一个，说我真是忍不下去了，大黑牛这么好的人给你们埋汰成这样子，他前女友出轨的时候他还在想给她买房子，你们怎么能颠倒黑白呢？于是就掐起来。但是说实话，我看了李晨这篇声明，好像还有点好感。你们的感觉呢？

孟广美：删一句话就行了——“出轨的那一刻”，这曾经也是你捧在手心上的女孩啊。李晨真的是一个特别有爱的男人，有些

---

① 2015 年 5 月 29 日，李晨、范冰冰以“我们”公开恋情，随后两边朋友相继出来爆料，“张馨予劈腿”“李晨劈腿”，各种论调此起彼伏，李晨随后发表声明曝张馨予劈腿。

男人交女朋友能隐瞒最好，隐瞒不了就那么着，李晨不是，他是真把女朋友捧在手掌心，那么多人骂他女朋友，他会出来挡。所以我真觉得，咱就不说那句话，多好！

冯唐：我看过一个敦煌卷子上写的离婚或者说分手的那种文字，叫“一别两宽，各生欢喜”。最后祝福那女的，你打扮得漂漂亮亮的，再嫁个有钱有势或者自己喜欢的人，我再过我自己觉得舒坦的日子，咱们各自欢喜，不要使劲伤害彼此。我觉得这是一个挺好的态度，其实两性关系里的对错曲直，谁欠谁多一点，怎么算得清呢？

> 一直在西藏忙着“爱里的心”公益活动，没来得及处理这些嘈杂的声音！这两天发生的事情，其实大家都知道是明显的“捆绑消费”，我出来说什么都给了对方继续炒作的机会，不说，就眼看着小范儿莫明受到诋毁与伤害。
>
> 我和小范儿确定恋爱关系时彼此都是单身，不想公开是为了保护感情的发展，愿意公开是因为想过正常的生活。
>
> 必须明确的是，我知道张小姐出轨的那一刻，我和她就结束了。
>
> 年初，张小姐给小范儿发微信，送上对我们的祝福，小范儿也真诚地回以祝福，当时我觉得人与人之间就该如此，善德！温暖！而现在这一切说明了我们单纯的“相信”只是一种愿望。

> 这世上没有人可以通过伤害别人获得幸福，你有你的手段，我有我的生活，今日之后，不管张小姐如何生事，我们也不再回复了，愿你走好，此生不再交集。
>
> 人一生会经历很多，不同的经历有不同的回报，我最大的回报就是遇到了冰冰，我们都是懂得珍惜的人，虽然她内心很强大，但我仍不愿自己的过往伤害到她。从现在开始我就是要保护她，用尽我一切可能！
>
> ——李晨声明《必须要说的话》

> 凡为夫妇之因，前世三年结缘，始配今生夫妇。若结缘不合，比是怨家，故来相对……既以二心不同，难归一意，快会及诸亲，各迁本道。愿妻娘子相离之后，重梳蝉鬓，美扫蛾眉，巧逞窈窕之姿，选娉高官之主，解怨释结，更莫相憎。一别两宽，各生欢喜。
>
> ——放妻书

欲戴皇冠，必承其重

窦文涛：冯老师跟范冰冰也有合作，你跟她近距离接触，对她印象怎样？

冯唐：我觉得冰冰是一个内心很强大的人，当然也很美了，这点毋庸置疑。我觉得做明星挺不容易的，要面临好大的心理压力。

孟广美：人家现在叫她“范爷”。好多年前她在微博里说过一句话，我看了眼泪都掉下来了，她说背上插满了刀，没关系，插满了，没地儿插了。这样子你能心理不强大吗？其实好多明星背上都插满了刀，真是不容易。

冯唐：西方有一句话叫“欲戴皇冠，必承其重”，道理类似。

窦文涛：我觉得挺有意思，全国观众都是看戏的，某一个观众也许是愚蠢的，全体观众加起来呢？

冯唐：必然是非常聪明的。

窦文涛：观众全知全能，好像任何一点很微妙的表现，他们全能看得出来。比如李晨，按理说观众并不了解他，但是仅凭“跑男”这些节目里的表现，大家都说这个人一看就特忠厚。

孟广美：暖男。

窦文涛：过去我小时候，感觉都是那些花花公子好像会有很多绯闻，会有很多女朋友，现在是最憨厚的一个男的，感觉吸引了最多女人的爱。

冯唐：世界变了哇。

孟广美：因为他是一个为了爱奋不顾身的人。像刘德华隐婚，他背后有一个受了几十年苦的女人，大家也都原谅他，知道他的出发点是为了保护自己的爱人，也为了保护自己的粉丝和自己的形象，但李晨不一样，他可以为爱奋不顾身。

窦文涛：他奋不顾身到什么程度呢？

孟广美：你没见过以前人家怎么骂他前女友吧？他真是属于那种天塌下来会帮你顶着的人[①]。

① 2012 年，李晨公布与张馨予的恋情，“张馨予劈腿”“张馨予坐台”等各种负面新闻铺天盖地，李晨随后发表了微博长文《不要的祝福》力挺张馨予。

我从不会浮夸，感情上甚是，因为它不像工作或学习，投入产出基本成正比，感情是两个人的事情，是一棵未知树，能否生根发芽开花结果，要看缘分看造化看努力。我不是在秀什么，只是现身说法。七夕那天深夜她发来短信，问：“你在干吗？”我答：“我一个人在房间，坐着。想着未来的生活，傻笑。”我骗人了，为的是让她能早点睡觉……其实，我很沮丧很难过很是不知所措，我流着泪却不知哪里有做错，我不怕任何人笑话，因为那泪水真不是为了嘈杂的戏言而流，您敲锣打鼓撒花放炮地说，我也不少一两肉，我努力地工作，我对身边的朋友坦诚相待，我对深爱的家人百般呵护，我愤青儿，我冲动，可我自己的人生还不能由我来主控？我真不知那些可爱的人，你们有空有精力的，为何不倾注在学业上工作上梦想上，哪怕是水漫金山上，伪祝福我更不需要，您，省省流量吧。那晚我确实哭了，可原因只有一个，我的朋友们给我打电话发短信前来宽慰，还有他（她）们在微博上的简短鼓励与祝福，如果这辈子能为你们做点什么，我愿意。

世界很大，大到彼此只有心手相连才能真正了解；世界很穷，穷到连基本的信任都没人愿意多给；可这个世界还是很美，至少我还可以用生命证明我的存在。

从前林老师说，这是一片最爱嘲笑你、蔑视你、毁谤你、伤害你、嫌恶你的土地，大多数人常以装聋作哑、苦苦忍耐、漠然置之、消极避世的姿态去面对，从古到今未曾改变。鲁老师说，阿Q一生唯唯诺诺，在赵太爷面前大气不敢出，被打之后毫无反应，只会把气发在女人或弱于自己的人身上。但我想，阿Q如果活到今时今日，一定会才华横溢地在电脑屏幕前兴奋不已，毕竟现实中的种种不顺，都可以在网上找到令他愉悦的发泄方式……

请原谅我的旁征博引。我，仍会真心祝你幸福，就像你愿我及她不幸福一样……

——李晨声明《不要的祝福》

男女话题谁都能聊

窦文涛：我是对人各种各样的表演状态非常感兴趣。其实网络不是虚拟的，你想象一个剧场，全国人民都坐在下边，上边上演的是男女伦理剧，有男主角有女主角。

冯唐：真人秀。

窦文涛：然后彼此说话的时候，只有一部分是冲着对方去说的，90%是冲着观众在说，这里边需要拿捏的分寸太微妙了。我又要对你说，但实际上我是让观众看，你明白吗？我认为李晨也好，范冰冰也好，张馨予也好，都拥有一种我们没有的人生经验，这种经验我觉得非常有意思。就是全体观众在看着，你对你女朋友任何一点发自内心的好，都变成了一种被观看的行为。

孟广美：你到底是羡慕还是庆幸？

窦文涛：我不羡慕，我庆幸自己没在台上。冯老师作为作家，对这个现象难道没有什么感触吗？

冯唐：当然有，作家都是研究人性的。这里的人性就像你说的，大众有一个旁观的乐和心理。你想想上亿人谈同一件事，有共同语言，真是一个很 high 的过程。

窦文涛：我一直到今天都没有想明白，为什么我们对别人的男女关系有超强的好奇心？那些八卦本质上不就是谁跟谁有一腿嘛，为什么你会对这一腿这么感兴趣？为什么别人的男女关系会引起我们那么大兴趣？

冯唐：人性使然吧，也不能说善恶，比如遇上一小姑娘，她没结婚，一些人就经常说，为什么你不找男朋友、不结婚、不生孩子；等她有了男朋友结了婚，又打听你家庭生活不开心吧，俩人关系好不好啊；等离婚了吧，又问什么时候离的、为啥离婚之类。我见过一些老男人经常问这类问题。

窦文涛：这是最普世的话题，因为没有门槛，谁都能聊。

冯唐：而且每个人都能讲出一堆所谓正确与否的判断，就像刚才广美说的，认为把那句话砍掉比较好。

孟广美：我是觉得身为女生，这样可能会好一点。

窦文涛：要照你说，最好不提这事儿，往事不再提。我不提可以，可是她要是再糟践我女朋友呢？我不也得维护我女朋友吗？

孟广美：我这么说是因为我真是相信轮回这个事儿，我相信人相遇真是几辈子修来的缘分。你这辈子结善缘，下辈子还结善缘，两个人在一起当夫妻也好，当男女朋友也好，这是要几辈子修来的缘分。在一起三年多不容易，肯定喜怒哀乐、酸甜苦辣各占一些，给它画下了一个美好的句点，两个人真心地相互祝福多好。我相信下辈子再见，还是个善缘，没必要画下一个恐怖的惊叹号。

明星不等于社会楷模

窦文涛：我以小人之心度君子之腹，这个事情里边有没有一种商业利益的考量？

冯唐：原来你绕来绕去，心里一直琢磨这个事儿啊。

窦文涛：是啊，因为我接触很多明星，觉得明星特别可怜。这两天李敖就发了个微博骂明星，说因为电影电视的出现，让演艺圈这帮人好像成了社会最高端、最闪光的群体，实际上这个群体的人最现实、最虚荣。当然我觉得这样说也不合适。过去对艺人的社会定位叫“下九流”，可以红可以火，但没有人期待他是社会楷模。新中国成立后，侯宝林他们可激动了，说新中国终于把我们当人民艺术家，很尊重我们。可实际上呢，演艺界很多人你不能把他的形象等同于社会楷模，他不具备任何成为雷锋的条件。这些年

出的这些事情，把明星所谓的正能量形象捆绑上了商业利益，一个明星如果道德形象一倒台，在中国至少挣不着钱了吧。

可以提倡公众人物成为道德榜样，但是不应当因其私德瑕疵做超过一般公民的惩罚。公众人物、演艺明星的行为和私人道德状况受人关注，影响较大，所以，应当提倡他们为一般人做表率，不去犯错，更不能犯罪，应当敦促他们用雷锋和特蕾莎修女那样高于一般人的高尚道德水准来要求自己，成为公众的道德榜样。但是这只是公众对他们的期待而已，由于人性的弱点，许多艺人做不到，甚至会犯一般人都不大犯的错误，如吸毒和性交易。但是，说到底，这毕竟还没出私德的范畴，他们犯错按照一般公民那样惩罚就可以了，吸毒的去强制戒毒所，性交易的行政拘留罚款，不应当做超过常人的处罚。

——李银河

明星是公众人物，他们的言行对公众，特别是青少年的影响的确很大，非常人可比。在这个意义上，明星的确应该对自己的行为有更高的自律要求。但是我宁愿这是“应该”而不是“必须”，因为只要没有触犯法律，这个要求就不是强制性的。我们可以说明星应该在性关系上更加严肃和检点，但是只要他(她)没有犯法，我们不能强制他们做男女两性关系的模范。一个把道德建设的希望寄托在明星的模范行为之上的社会和个人都是可悲的。这太抬举明星了！这同时也表明我们教育（广义）太无能了。过于苛刻地要求一个群体引领社会道德与过分抬高这个群体的地位其实是一回事。在这个意义上，崇拜明星和苛求明星本来就是一个硬币的两面。一个自主的、有定力的、有主体性的人既不盲目崇拜明星，要他做指路人，也不盲目苛求明星，要他做模范做榜样。当然，现在的青少年的确喜欢模仿明星，因此我同意明星应该注意自己的公众形象。但是我们不能不承认，青少年的这种模仿行为是社会文化病态的表征，也是我们的教育无能的表征。我们的学校、我们的媒体不是一直在教育学生吗？为什么在明星的示范力量面前不堪一击？合乎逻辑的推理是这样的：虚假空洞的、不得人心的教育和太多的社会丑恶现实使得大众特别是青少年陷入了道德真空和价值真空，然后才有他们对明星的盲目模仿，而不是对明星的盲目模仿导致了社会道德的败坏。这个顺序应该搞清楚。

平心静气地看，明星在道德上不比任何一个社会群体优越，但也不比任何一个社会群体更糜烂。

——陶东风《不要希望明星成为道德模范》

孟广美：我不觉得这样子有什么不好，艺人本身就是个商品，附加商业价值很重要。冰冰和李晨现在一起去西藏做慈善，大家都很关注，这也是一个商业形象。如果咱俩人去西藏，估计没人会提，他们两个人去让很多人开始关注西藏慈善，不也是个好事吗？

窦文涛：就像张馨予在戛纳电影节上穿那样的裙子，我认为这本身说明了她想树立一种我行我素的形象。

孟广美：她懂得怎么突围而出。

窦文涛：我觉得以后不用演戏，就整天帅哥靓女搞搞恋爱，互相打打闹闹，然后凭这个你的知名度就一直在热点上，你就有市场，就能挣钱。

冯唐：我因为《万物生长》拍电影接触了影视界，发现明星真是差好远，七八线的明星跟一二线的明星，挣钱差太多了，但是长相和身材并没有差那么多。

孟广美：你背上的刀不够多的时候，是成不了一线的……

真话

一个社会一天到晚称赞一个人了不起是因为他说了真话，这是什么意思？就是其他人全在说谎话嘛。当这个国家今天还把说真话当成称赞一个人的理由，一种很了不起的品德时，你想我们的社会是处于什么状况下？

窦文涛：最近避孕药之父去世了，请冯老师来谈谈，你是 50 年的妇科专家啊，哈哈哈。

冯唐：可是我还没到 50 岁啊。我觉得有几大类药基本上改变了世界。一类是抗生素，人不再因为发烧、发炎死了。第二类是激素，很多疾病用激素能够缓解，让你挺过危险期活好长一段时间。

窦文涛：我想问你人得了病急着想好的时候，比方我嗓子发炎马上要主持节目，有时候就得用激素，为什么激素能够有很好的效果?

冯唐：简单说，激素能够让你产生某种程度的应激状态。人体对疾病最常见的反应，要不然打，要不然跑，但是都需要你有很强的体力调动出来应付这件事，给你激素之后相对会比原来力量强大一点，让你能挺过这一阵。

窦文涛：但是病还是没好。

冯唐：如果是发炎的话，还要用抗生素，要把炎症去掉，激素只能帮你对抗这些炎症产生的最强反应。

窦文涛：你接着说避孕药。

从鱼鳔、羊肠到避孕药

冯唐: 第三类药是维生素，人体各种营养素不足都可以补充。第四类是麻醉药，没有麻药，外科手术无法进行，你总不能剖开（意识清醒的）活人吧。第五类就是口服避孕药，包括长效避孕药、应急避孕药等，避孕药在很大程度上改变了人类。最早的避孕套是弄个鱼鳔啥的，你想想有大鱼小鱼，有新鲜的鱼不新鲜的鱼，戴上肯定不是很舒服。

窦文涛: 我听说欧洲人用羊肠做避孕套。

冯唐: 女的更惨，打肚子、跑步、上蹿下跳、吃各种古怪的东西、闹肚子之类的，以为就能避孕，结果造成了很多人间惨剧，过去的稗官野史中都有提及。我觉得避孕药为妇女解放、妇女地位提升以及妇女做自己的主人创造了条件。

窦文涛: 现在全世界超过一亿妇女每天服避孕药，听说欧洲育龄妇女服用避孕药能达到 30% 以上，德国超过 60%。相比之下，中国妇女吃避孕药的要少得多。好像有个调查说，15 岁到 45 岁之间的中国妇女，做过人流的达到一半以上。

冯唐: 我马上想到几个原因。第一，自我保护意识太差。第二，有些男生太不负责任。第三，就是性生活的舒适程度，西方跟东方有差距。

梁文道: 为什么我们的女性不爱吃避孕药？是怕还是什么？

窦文涛：觉得有副作用。其实现在有统计，避孕药能减少一些妇科癌症的发作，比如卵巢癌之类的。

冯唐：长期服用避孕药的安全性还是有相当程度证明的。

窦文涛：那种一次性的紧急事后避孕药好像对健康不大好，不能多吃，但是长期服用那种，甚至有人说吃了皮肤能变好，但也有人反映吃了脸上长痘痘，不知道该怎么解释。

冯唐：可能跟体质有关。现在产的避孕药从剂量上、包装上都很适合长期吃，一天一粒，一板吃完一停，然后月经自己来，然后再接着吃下一板。

梁文道：听说避孕药吃了之后能够把月经调节规律。

窦文涛：十全大补丸啊，哈哈哈。我个人认为到现在为止也没找出一个舒服的方法来避孕。避孕套，你说舒服吗？说舒服那是假的。避孕药，从来月经第几天开始连吃 21 天，一天一片，太麻烦了。科学这么发达，怎么不能发明一种吃一片管半年的。

冯唐：现在还确实没有，不过有一种环可以搁身体里面，无痛又很方便。

梁文道：我们比起古人已经幸福太多了。

冯唐：是啊，至少不用鱼鳔了，不然每天闻着都像条咸鱼（笑）。

现存世界上最古老的安全套距今已经有 300 多年历史，用鱼鳔制成，厚五层。

早在公元前 2000 多年，安全套就出现在古埃及人的生活中，那个时候被称作阴茎套，功能并不是防范疾病和避孕，它和女性佩戴的首饰一样，被当作装饰品，一般被男人挂在身上，是财富和地位的象征。

到了公元前1000多年，古代埃及人开始用山羊、猪等动物的膀胱或盲肠来做安全套。从那个时代开始，安全套被用来防范疾病和感染。在法国南部多尔多涅地区的康巴里勒斯洞窟中，发现了一些创作于公元100多年时的安全套壁画，这被视为欧洲使用安全套的最早证据。

现存世界上最古老的安全套诞生于1640年前后，是利用鱼鳔和动物肠子制成的，已经有300多年的历史。安全套一端以丝线缝合，另一端的开口可以锁紧，防止滑落。据记载，这类安全套很难在需要时马上派上用场，因为事先要以暖和的奶将安全套隔夜浸软，才能使用。这10个在英国伯明翰附近的达德利古堡发现的安全套，曾经在荷兰举办的性爱展览中展出过，由于年代久远，现已像枯叶一般干硬。

——网络新闻摘选

避孕药之父走上文学道路

窦文涛：避孕药之父卡尔·杰拉西，活了91岁，我觉得这个人冯老师可以研究研究，他跟你有点关系。

冯唐：也是男的？

窦文涛：不是。他退休之后开始写小说，写所谓科学小说，

卡尔·杰拉西，被誉为“口服避孕药之父”，是美国斯坦福大学荣誉教授，美国国家科学院院士、美国科学与艺术学院院士。杰拉西在化学上成就卓著，在退休后转向文学创作，写作多部小说和剧本，包括回忆录《这个男人的避孕药》和小说《领唱者的窘境》等。

| 卡尔·杰拉西代表作品 |

而且他写小说的动机很好玩。他跟一个文学系女教授谈了几年恋爱，后来女教授被东海岸一个作家撬走了，他心里憋着一股劲，难道一个化学家的魅力就不如一个作家吗？于是憋了一年，写了一本小说，把手稿寄给他前女友。前女友看了之后说："如果你不公开这本小说，我就嫁给你。"我估计他是写了他们两口子的回忆录。从此卡尔·杰拉西走上了文学道路。

梁文道：写科幻小说？

窦文涛：不是，他提出一种概念——科学小说，好像中国也有极少数响应者，科学小说不同于科幻小说，科学小说是在小说中传播了很多科学知识，等于是在科学指导下的小说创作。

梁文道：呵呵，多半不好看。

冯唐：其实我也是科学作家，我在小说中讲很多人体构造、人体激素水平、心理问题等，所以以后请叫我科学小说作家。

梁文道：还是叫妇科小说作家吧，哈哈哈。

> 与科幻小说截然不同，科学题材小说是一种相当少见的文学体裁，它以真实、至少是貌似真实的学科为基础。我除了把时间往前挪动了一点(为了符合故事情节)，该书对新发现的这种NO的主要生物特性没有做任何杜撰。就此意义而言，对书中的科学家、企业家和律师等主要人物的行为举止也没有做任何杜撰。他们也许不是真有其人，但这些人的生活态度和习惯却是有章可循的。
>
> ——卡尔·杰拉西《NO》

我的身体我做主

窦文涛：听说文道对避孕药也是研究过许多年的。

冯唐：经常吃吗？

梁文道：我没有——

冯唐：经常逼人吃吗？

梁文道：哈哈哈，逼迫失败了。20 世纪 60 年代美国嬉皮士起来的时候，避孕药这个东西让很多女性很快乐，她真的能够情欲自主了。你想想看以前一直都是男尊女卑，包括今天还有一些很陈旧的想法，什么女孩子吃亏了，男的占便宜了，这些想法都跟一个很古老的传统有关——如果男女发生性关系，往往后遗症是留给女人的。

冯唐：比较惨的是女人。

梁文道：对啊，万一她怀孕了怎么办？所以一直以来家长教女儿不要被人家占便宜，但避孕药改变了这一切。

冯唐：我的身体我做主。

梁文道：对。所以六七十年代嬉皮士运动同时带来的是性解放，女性主义的抬头，直到艾滋病出现才受到打击。

窦文涛：过去直男癌有个看法，说白了就是男人可以乱搞，女人不该乱搞，这话当然不对，可是真从科学意义上讲，女人乱搞付出的代价就是比男性大。同样是性病，因为女人特殊的生理构造，她被传染的概率要比男人大得多，风险的确更高；即便吃避孕药，也有怀孕的可能。

梁文道：我相信未来这样的自然条件会被慢慢改变，避孕药已经改变了很多自然条件。我不太喜欢人家动不动就说这个自然，那个不自然，比如小时候我们家是天主教徒，天主教一直到今天都还在反对人工避孕，包括用避孕套和避孕药，原因是那不自然，违反了神诏的原则。可问题是我们活到现在，身上有什么是自然的？眼镜自然吗？做近视眼手术自然吗？没什么是自然的嘛。一天到晚说要自然，其实恰恰更不自然。

窦文涛：这里边涉及两大学派，一种认为人的很多东西是天生的，另一种认为人的一切都是文化构造出来的，但我们把它当成了天然。

女性自主 男权翻转

冯唐：跟避孕药相关还有个小事，他们说现在拍青春片基本都要有打胎，如果不打胎就不青春了。

梁文道：啊？为什么呀？

冯唐：听说青春片有打胎的情节会产生巨大的心理冲突，故事演变有起承转合的张力在里边，凸显了人性的矛盾，等等。我的小说《万物生长》改成电影，李玉导的，范冰冰跟韩庚演，这是唯一不涉及打胎内容的青春片啊，哈哈哈。但说句实话，对于让人怀孕的担心，以及女生对自己有可能怀孕的担心，其实贯穿

《万物生长》讲述了一群学医青年如何成长的故事。冯唐将这部小说“献给老妈”，许多母亲“可能不知道有些孩子这样长大”。那群高智商的年轻动物讨着美人欢心。聪慧、无聊、生猛、自负，他们历经梦想与人性、肉身的短兵相接。阳光之下，万物都在疯狂生长，一如热带雨林的藤蔓，遮天蔽日，却掩藏着怎样的失落与惶恐。

了青春期好长时间。

窦文涛：其实小说应该好好描写，多少女的真的是各种验尿，看到底有没有怀孕，这种心理负担多少女人都经历过。

我的女朋友是我见过的最健康的人。她饭前便后洗手，饭后便前刷牙。她每天早起，小便后喝一杯白开水。她天天从东单三条开始，绕金鱼胡同跑一圈。她为了增加修养阅读名著，以一天十页的速度研读《钢铁是怎样炼成的》，对此我常常感觉阴风阵阵，不寒而栗，甚至担心她念完最后一页的时候天地间会有异象出现，仿佛数千年前干将镆铘雌雄双剑被炼成之时。

对于我和她的恋爱经过，我只有模糊的记忆。她说她记得很清楚，我们第一次约会我穿了一双拖鞋，那种大脚趾和其他四趾分开，中间夹住一个塑料小柱子的拖鞋，从一开始就对她缺乏起码的尊重。我说我一开始就没有把她当外人，我说我在夏天总穿拖鞋上街，凉快，而且上床方便，天热我爱犯困。但是那天，我特地换上了我新买的水洗布裤子，未经哥哥允许，借了他的鳄鱼短衫，我们俩身材差不多，临出门我还找了一支日本进口的水笔插在鳄鱼短衫的口袋里。特别值得一提的是，我在公园门口等她的时候，尽管一边暗骂自己土鳖，我的心跳仍然很剧烈。而且我当时还是童男子。我的女友有保留地接受了我的解释，尽量掩饰欣喜，幽幽地对我说，我是另类天才，心随时都准备着跳得很强烈，而且永远是童男子。如果我三十五岁上阳痿了，叫我不要怨天怨地，满大街找电线杆子，那只能说明天理昭昭。

——《万物生长》

梁文道：可是这个问题有时候跟家庭也有点关系，举个例子，我的一些外国朋友，他们的小孩十来岁进入青春期了，父母就开始很坦白直率地跟孩子谈避孕的问题，甚至还有的会直接给避孕套，让带在身上。我觉得中国家庭的态度是几乎不愿意提，愿意假设自己的子女在过一种无性的生活。

冯唐：从常识上来讲，我不是特别理解，为什么父母就羞于去谈一些其实他已经知道而且小孩也应该知道的事情。

窦文涛：我们很多时候对有些事情抱着一种掩耳盗铃的态度，大约父母也知道他不可能不跟人发生关系，但似乎又愿意模模糊糊地以为他没有，等到事情真的暴露了，我们觉得受刺激了。

梁文道：会不会还有一种理由，中国家长有时候觉得我们要从根子上解决问题，什么叫根子上解决？就是他们以为可以杜绝女儿发生这种事情的任何可能性。我为什么不给你避孕套？为什么不教你这些事？因为你根本就别干，别干不就没事了。

冯唐：再下去就更奇怪了，女孩子到了二十七八岁，父母又开始着急说为什么你不跟男人谈恋爱。你说中国父母是怎么想的？

梁文道：真是不好办。

冯唐：我觉得要用小说来教化人心，都是很傻 × 的事。

窦文涛：我见过有的女孩说做了十次人流的。

冯唐：这对身体伤害太大了！

梁文道：做十次其实很了不起了。她已经做了三四次，居然还能怀第五第六第七个？

窦文涛：前两年有个新闻，南方某省一个女中学生在医院做人流，三个男同学等在外边。

冯唐：分不清是谁的孩子。

窦文涛：最后仨男生 AA 制凑钱。

梁文道：冯老师在妇产科的时候，有没有类似这些奇遇发生。

冯唐：我在计划生育这块待的时间并不长，但我们的人流比例的确偏高。其实比起人流造成的危害，避孕药的危害几乎微不足道。

梁文道：中国人的性教育真的需要很大的改善。

窦文涛：避孕药的发明真是改变了女人在人类历史上的命运。卡尔·杰拉西有他的预见性，他的中文版小说《NO》的序言里讲到，当口服避孕药被发明的时候，他就预料到这个小药丸将产生巨大影响，当时他就说过这种小药丸在男人身上产生的社会影响将远远超过女人，它将导致男人女性化现象的出现，其含义是出现倾斜于妇女的法律社会价值的社会女性化……你听得懂他说什么吗？

梁文道：因为女性自主了，女性的自信、力量增强了，所以过去那种大男子主义倾向或者男性霸权的东西就会翻转过来，在一个男性霸权底下长大的男人很容易变成直男癌。

冯唐：过去那种爷们儿现在可能都会被当成“直男癌”。

《NO》，卡尔·杰拉西作品，小说主人公蕾娜是一位化学专业博士后。为了开发“NO”在男性性功能治疗中的实际应用，她前往耶路撒冷。在工作中，蕾娜与其科研搭档以色列男青年杰夫塔相识。在携手完成研究项目的过程中，他们克服不同民族和不同宗教背景的障碍，相恋相爱，结婚生子。回美国以后，蕾娜和一群志同道合者成立了自己的公司，将研究成果转化为产品。为了上市集资，这些科学家与金融、证券业打起了交道，经历了大起大落、大悲大喜。事业成功的同时，蕾娜的婚姻却亮起了红灯。

怪力乱神充斥民间

梁文道：我有个问题想跟冯老师探讨，为什么避孕药在中国使用率那么低，一直的说法是很多人怕副作用或者什么，有时候我上网查，说这个药有这个副作用、那个药有那个副作用，很多说法你都不知道是真是假。朋友的邮箱里、微信里一天到晚发来发去的“健康小常识”，我都觉得很可疑，我觉得中国民间充斥着各种各样的怪力乱神般的医疗知识。

冯唐：我现在虽然不做医生，但过去三年在投资医院、运营医院，发现很多问题的核心是医疗教育的缺失。医疗教育不是说教育医学院的医生、护士、学生，而是教育普通老百姓健康管理应该是什么样的、药的基本用法等等。我们没有这些东西，原因很复杂，一大因素是医生资源严重不足，你看个病，五分钟就给你打发出来。你要是感冒，医生不会给你说感冒有病毒性的、细菌性的，病毒性的感冒你吃这种抗生素可能没用，他没时间给你讲那么多。而医疗资源多的地方，你看个医生可能要聊上半小时甚至一小时，这时候潜移默化你就受到了教育。咱们这块太缺失了，你只知道有病去医院，有病去吃药，但你不知道为什么该吃那些药、哪些药有哪些禁忌等。

第二个因素是医生护士挣的钱太少了，定的价太低了，再加上药厂的推销，造成他们有过度医疗的倾向。倾向是什么意思？能吃不吃的时候，你就吃吧；能拿这个药不能拿这个药，你就拿吧。反正药厂也高兴，我也能增加收入。于是造成很多信息开始混淆，这个药到底多有效？有多大副作用？都被这些商业成分搅了。有些人会变成卖药的，而且卖的时候有可能会把一些信息扭曲掉。

第三个因素是互联网时代，信息超级易得，但是信息的真实性和可靠性比原来要差了。原来像《人民日报》、CCTV、凤凰卫视都很高大上，毕竟要有一定的品质，你才敢登在上面。可现在百度、Google 冒出来的不见得是那么精准的东西，你也不知道它为什么排名在前面，有可能是广告，有可能不是广告，反正它排在前面，但是排在前面不见得是最对的，所以造成一般读者很难取舍。比如跟男性有关的前列腺癌，这是一种进展很缓慢的癌，如果不是已经非常明显地影响了功能的话，在外国连活检都不做的，有时候检出来治疗也不做，理由是等这个癌发展到威胁生命的程度时，有可能这个患者已经去世了。

和过去一样，医学生继续穷困，继续请不起美丽的护士小姐吃夜宵。和过去相比，小大夫更加穷困。房价比过去高五倍到十倍，原来在北京三环边上买个二三十平方米的小房子，骑车上下班；现在在“泛北京”的河北燕郊买个二三十平方米的小房子，太远，骑车上下班不可能，怀孕了，挤地铁和公交怕早产，想买个QQ车代步，北京市车辆限购令出台了。小大夫熬到副教授，医院里同一科室里的正教授还有四十多名，一周轮不到一台手术，每次手术都是下午五点之后开始。和过去相比，大大夫的挂号费涨了点，还是在一本时尚杂志的价格上下，一上午还是要看几十个病人，还是要忍尿忍屎忍饿忍饥，每个病人还是只能给几分钟的问诊时间。继续像战时医

> 院或者灾后医院，从黑夜到白天，大医院到处是病人和陪病人来的家属，目光所及都是临时病床和支起的吊瓶。病人继续不像人一样被关怀，没有多少医生能有时间和耐心去安慰、缓解、治愈。
>
> ——冯唐《三十六大·大医》

窦文涛：这个病发展得很慢。

冯唐：对，特别是年岁大的时候发展得更慢。这样病人也省事，不用吃药不用放射，也不用挨一刀了，医院也节约了医疗资源。当然医生护士、手术设备、用的药等这一系列需求就少了。

窦文涛：我在网上看见很多文章说，很多癌症就是带癌生存。

冯唐：要看什么情况，有时候切除不见得是最好的选择。

“莆田系”与百度之争

窦文涛：我最近看冯唐的微信朋友圈，发现他又在散播“谣言”啦，而且跟“莆田系”[①]有关，说百度股价下跌跟“莆田系”有关。我开始以为“莆田系”是香港一个什么集团，仔细一看，好家伙，

---

① 对仁爱医院、玛丽女子医院等名字，几乎每个中国人都似曾相识。即使所在的城市没有这些医院，也会从各省的卫视广告中听说过这些名字，这些医院绝大部分都是莆田人开设。莆田人从“老军医，一针见效”的性病游医起家，逐渐在全国各地开设医院。这些医院大部分是男科、妇科、不孕不育、整形等专科民营医院。

倍儿熟啊。

冯唐：你都去过嘛，老军医什么的，哈哈哈。

窦文涛：百度因为“莆田系”被人骂。在百度上可以点开的治性病、皮肤病之类的广告，据说六成以上广告费都是由福建莆田人开的医院出的，他们主要的钱都是花在网站上。百度挣着钱之后良心发现，慢慢觉醒了。

梁文道：是吗？哎哟，真是难得。

窦文涛：百度说不挣莆田这些医院的钱了，然后“莆田系”好像又开始抵制百度。

> 百度，当时根本不知道有多么邪恶，医学信息的竞价排名，还有之前血友病吧的事情，应该都明白它是怎么一个东西。
>
> 可当时不知道啊，在上面第一条就是某武警医院的生物免疫疗法，DC，CIK，就是这些，说得特别好，我爸妈当时就和这家医院联系，没几天就去北京了。
>
> 见到了他们一个姓李的主任，他的原话是这么说的，这个技术不是他们的，是斯坦福研发出来的，他们是合作，有效率达到百分之八九十，看着我的报告单，给我爸妈说保我二十年没问题。这是一家三甲医院，这是在门诊，我们还专门查了一下这个医生，他还上过中央台，CCTV 10，不止一次。当时想着，百度、三甲医院、中央台、斯坦福的技术，这些应该没有问题了吧。
>
> 后来就不用说了，我们当时把家里的钱算了一下，又

找亲戚朋友借了些，一共花了二十多万元，结果呢，几个月就转移到肺了，医生当时说我恐怕撑不了一两个月了，如果不是因为后来买到了靶向药，恐怕就没有后来了。

我爸当时去找这个人，还是那家医院，同样是门诊，他的话变成了都是概率，他们从来没有向任何人做过保证，还让我们接着做，说做多了就有效果了，第一次说的是三次就可以控制很长时间，实在是……

后来我知道了我的病情，在知乎上也认识了非常多的朋友，其中有一个在美国的留学生，他在Google帮我查了，又联系了很多美国的医院，才把问题弄明白，事实是这样的，这个技术在国外因为有效率太低，在临床阶段就被淘汰了，现在美国根本就没有医院用这种技术，可到了国内，却成了最新技术，然后各种欺骗。

——魏则西《你认为人性最大的“恶”是什么》

冯唐：我来给你另外一种版本，是公正的、旁观者的、非造谣的版本。一呢，“莆田系”是中国最早开始社会办医疗的一支力量，最早是他们来包个诊所，在医院里边包几块病区，成立院中院，甚至慢慢自己再开医院。现在他们已经在很多地方搞得规模很大了，也都是三甲、二甲的医院，成为我们伟大祖国卫生系统监督下对公立医院资源的有效补充。二呢，百度的确是一个规模很大的公司，搜索引擎在中国绝对排第一，无可争议，对吧？因为在中国，Google一会儿灵，一会儿不灵。

窦文涛：Google在中国也变“莆田系”的风格啦，哈哈哈。

冯唐：在这个网络时代，很多人想知道点啥，都要用搜索引擎，于是搜索引擎就开始有这种竞价排名的机制。什么叫竞价排名呢？比如同样搜索纸杯，要是某个品牌纸杯的商家多付一点钱，它的排名就可以靠前一点，甚至在右上角还会出现它的购买链接。点一下，就有可能产生销售，搜索引擎就收一点钱。这是我理解的竞价。

窦文涛：我现在发现特别多医疗器械的广告，一点治什么病，旁边出来很多医疗器械。

冯唐：竞价排名从生意的角度可以理解，可是当价格越来越高，然后有一天我挣的这点钱，全都给搜索引擎了，我就不干了。

窦文涛：那“莆田系”现在采取了什么行动呢？

冯唐：他们有一个联盟，说大家如果都要交这么多钱，越来越贵，那就不交了。可能也谈判了几轮，具体我不清楚。然后百度出来一个公告说，现在越来越严格准入，越来越打击虚假广告，所以不接“莆田系”的广告了①。

① 2015 年 3 月下旬，网络上流传出一份署名为莆田（中国）健康产业总会的《关于停止所有有偿网络推广的通知》，通知称，总会林志忠会长召集部分总会人员召开会长办公会议，号召会员单位自 4 月 1 日起停止所有有偿网络推广活动。这一份“通知”引发广泛关注。通知中提到，“莆系医疗人经过三十年的辛勤耕耘，如今网络竞价的规则导致行业面临严重问题，很多医疗机构几乎为互联网公司打工”。通知措辞强硬，称“下定决心、不惜代价，要求全体会员务必遵守”，“对于不停止有偿推广的单位……将在总会内部进行通报”。

随后百度对此通知做出回应，称不会动摇“高门槛、严审核”的决心，也不会因为莆田系的联合抵制而放宽审核下限机制。在双方交恶期间，百度股价连续几日下跌。

梁文道：可是这个事儿为什么会影响百度股价？因为“莆田系”给的竞价排名费占的比例非常大。

窦文涛：之前出过一个事儿，上海有个医生被病人打了，说他是个骗子。后来一查，发现在北京一个军队医院有一个医生跟他同名，而且行医资格完全一样①。

冯唐：被套牌了。

窦文涛：后来他们讲某些解放军医院的整个科室都是承包出去的。你去看病，以为是部队医院，实际上是承包的。据说很多都是“莆田系”的医院。

冯唐：有可能。

窦文涛：最近一个中国妇产科协会的专家写文章，是关于军队医院的。这位专家提出了一个识别法，说你就看它是不是在宣传上还拿宫颈糜烂当病。他说现在医学的认识，宫颈糜烂已经不是病了。

冯唐：这个我要呼吁一下，宫颈糜烂听上去非常可怕，实际上不是一个需要治疗的病。大家可以百度一下“龚晓明大夫，宫颈糜烂”，他对这方面有非常全面、公正的科普。简单说，中国整个医疗环境都有过度医疗的趋势——以药养医，以检查养医，以过度治疗养医。你不让我用市场的手来调节医疗行为，那就会催生过度医疗。其实不只“莆田系”，你去大医院看病，有时候也会给你开一大堆莫名其妙的药，给你开一大堆检查让做。我不

---

① 上海大夫辛秋华莫明被患者辱骂，患者甚至激动到砸了她的电脑。经查才知道她的医师资格证、医师执业证、主治医生证和身份证被人全盘克隆，且挂名北京航空 466 医院任职“主治医师”在网络行骗。

认为这是区分“莆田系”和“非莆田系”的因素，他们有个笑话嘛，关于“莆田系”的三句话：第一句，病很重；第二句，能治好；第三句，得花钱。哈哈哈，我冒着被人劈的风险必须说，现在差不多大夫都变成这样了。

窦文涛：有个女记者打电话去这个科室，说我宫颈糜烂，那边说宫颈糜烂致癌啊，得赶快治，我们专治宫颈糜烂。

梁文道：大家对“莆田系”印象不好，但是对百度印象也不见得很好，百度在中国几乎是一个垄断、一家独大的搜索引擎。当年它走竞价排名的时候就已经被骂了，为什么当时很多人喜欢用Google，就觉得Google比较公正，我用搜索引擎是希望能够查出一个比较客观公正的第三方结果。依靠大众的支持度、喜好度、关注度来排名，这是正常的。结果你搞个竞价排名，在我看来这不是一个有原则的IT公司合理赚钱的方法。

冯唐：其实用百度竞价的不只是“莆田系”，还有其他很多医院，甚至其他很多行业。他们能不能脱离这种体系而存在？也就是说，你的病人不靠百度来引导，你能不能存活？这是一个很关键的问题。对于百度来讲，没有这一块你活不活得下去？百度一家独大，合适吗？对监管医院和医疗机构的人来说，过度医疗你到底想怎么办？虚假广告到底你要怎么治？一系列问题从这次厮杀中引发出来。

说真话很难吗?

梁文道: 对老百姓来说，比如我上网查东西，一查，给出的答案全是这种竞价排名的结果，那你怎么办?

冯唐: 如果大家不信百度，Google 又时灵时不灵，这种状态下比较公正的信息如何比较快捷地得到?

窦文涛: 再弄一个搜索引擎?

冯唐: 也可以利用现在的社交网络。比如很多时候我在微博、微信上找东西看。

窦文涛: 私人朋友圈的东西还更可靠一些。

冯唐 : 在不同领域会出现一些所谓带引号的“大 V”——意见领袖，这些意见领袖更珍惜他的个人品牌，可能说得更中立一点，更有良心一点。

窦文涛: 利益怎么就能绑架了所有一切呢? 你看电影票房是假的，电视台收视率是假的，摇号中奖也是假的，什么都可以交易，观众投票都可以人为操作，医生都是套牌的。

梁文道: 比如百度为什么会一家独大，就因为 Google 不灵。百度做了一些事情，我认为对 IT 产业，对它本身都不好。因为你一个做搜索引擎起家的公司，如果目标放眼国际，将来在全球竞争的话，你的核心竞争力应该是你搜索引擎技术的开发，而不是你的垄断地位。但它现在能够垄断一个 13 亿人的市场，可以在这个市场里面想各种花样把钱一层一层赚掉，所以就不用去干那个辛苦事。这其实是跟政府的各方面政策有关。当年 Facebook 出来以后，有人说它会跟 Google 竞争，也有人说它们怎么可能竞争，一个社交媒体，一个搜索引擎，完全两码事。但是在中国的现实下，你就会看到原来社交媒体跟搜索引擎是有可能竞争的。

冯唐：就像中国移动、中国电信、中国联通怎么会跟腾讯竞争呢？你一个原来做 PC 机的，怎么做 online checking 呢？

窦文涛：没错，所以咱靠朋友圈就把你们灭了，对吧？哈哈哈。既然是浑水，就浑水摸鱼嘛。

冯唐：事物总还是要回归本质，我一直认为真大于善，善大于美，否则你的美就是假美，善就是伪善。

梁文道：我觉得很可悲。有时候看到报纸上一些评论、采访，称赞某个学者、作家、领导，说这个人很厉害，叫大家要说真话……你想想看，一个社会一天到晚称赞一个人了不起是因为他说了真话，这是什么意思？就是其他人全在说谎话嘛。当这个国家今天还把说真话当成称赞一个人的理由、一种很了不起的品德时，你想我们的社会是处于什么状况下？

冯唐：我觉得还是大家心太急了，太想走捷径了。如果周围人都用说一点假话，或者少说点真话的方式拿到了他想要的，就有很强的示范作用。就像如果大家都不等红灯了，那红灯、绿灯就不存在了。

窦文涛：咱好像不鼓励说真话，鼓励说善话、好话，对吧？比方老师经常会跟孩子说，你怎么能这么说话呢？你怎么能说你想说的话呢？他根本不鼓励你说真话，而你自己也处于混沌状况，不知道该相信谁。

说真话是常人道德

梁文道：今天有时候讲学雷锋什么的，我觉得是太过集中注意力去褒扬、高举那些英雄的道德了。在我看来，所谓常人的道德就是你跟我说“早安”，我得回应“早安”；你给我拿个什么东西，我得说“谢谢”，这叫常人的道德。现在不太讲这个，讲的都是什么像雷锋那样子、什么感动中国式的，结果是整个国家现在没有什么常人道德礼貌，全在讲英雄，但其实人又做不到。说真话本来是常人的道德。当然不可能老说真话，但至少不要太离谱嘛。现在说真话在中国变成一种英雄的道德，就跟一个人牺牲自己救别人一样。

冯唐：我是学医科的，我有挺强的一个感觉是什么呢？如果没有真实的话，所有治疗方案都会是错的，转回来实际上害了病人。比如实验是错的、病人的主述是错的、体检是错的，最后的治疗方案能是对的吗？这是一个很基本的想法。有时候我替老师看一些交上来的实验文章，要发在杂志上的，一看就是造假的，比如他可能有 31 个病人，但他觉得没有统计意义，就乘了 2，一切分析都是偶数。这种假数据发在国家核心杂志上，有可能误导读者。有时候跟人说话也是这样，比如我经常说些话，对方听了就看着我，说您真是这个意思吗？我说我只懂一种汉语，如果你说我没表达清楚，我再重说一遍；如果你不认为这些话是我心里想的，那我实在不想说了。我觉得说真话可能还是发展阶段的问题，现在大家都拼命向钱看，可能需要更多时间对自己和他人诚实。

窦文涛：什么叫说真话？我举个例子，我问你们俩好不好色，你们俩要说真话“我们好色”，可是我认为这个回答不可以接受，因为我这个节目应该充满了无欲的气息，而不是充满了好色的气息啊，哈哈哈。

梁文道：在绝大部分电视节目里，主持人根本不会问这个问题嘛，提都不会提的。也就是说这个问题连真假的范畴都还没进入，这个事儿根本不能说。

窦文涛：所以照私生活里的聊天来看，咱们现在这些节目都是少儿节目，好像观众都是少年儿童一样。我记得大哲学家罗素讲过一句话，他说我有一种信仰，我坚信真正的美德只有在真实的基础上才能生发出来。

梁文道：就是因为全部把我们当成少儿节目的观众，我们才需要被引导。要不然我干吗老说中国人民需要引导呢，呵呵……

图书在版编目（CIP）数据

春风十里不如你 / 凤凰书品编；窦文涛主持．— 长沙：湖南文艺出版社，2017.1
ISBN 978-7-5404-7826-1

Ⅰ．①春… Ⅱ．①凤… ②窦… Ⅲ．①访问记 - 作品集 - 中国 - 当代 Ⅳ．① I253

中国版本图书馆 CIP 数据核字（2016）第 254904 号

上架建议：大众文化

CHUNFENG SHI LI BURU NI
春风十里不如你

编　　者：凤凰书品
主　　持：窦文涛
出 版 人：曾赛丰
责任编辑：薛　健　刘诗哲
监　　制：蔡明菲　潘　良
特约策划：李　荡
特约编辑：汪　璐
营销编辑：李　群　张锦涵
封面设计：张丽娜
版式设计：李　洁
出版发行：湖南文艺出版社
（长沙市雨花区东二环一段 508 号 邮编：410014）
网　　址：www.hnwy.net
印　　刷：北京盛通印刷股份有限公司
经　　销：新华书店
开　　本：880mm × 1230mm 1/32
字　　数：180 千字
印　　张：8.5
版　　次：2017 年 1 月第 1 版
印　　次：2017 年 1 月第 1 次印刷
书　　号：ISBN 978-7-5404-7826-1
定　　价：42.00 元

质量监督电话：010-59096394
团购电话：010-59320018